万物有灵就美

——我的草木虫鸟故事

宫玉芳◎著

时代文艺出版社

图书在版编目（CIP）数据

万物有灵就美：我的草木虫鸟故事/宫玉芳著．—长春：时代文艺出版社，2018.1（2021.5重印）

ISBN 978-7-5387-5512-1

Ⅰ.①万… Ⅱ.①宫… Ⅲ.①散文集－中国－当代 Ⅳ.①I267

中国版本图书馆CIP数据核字（2017）第1392369号

出 品 人　陈　琛
责任编辑　徐　薇
内文插图　张　钧
装帧设计　孙　利
排版制作　隋淑凤

万物有灵就美
——我的草木虫鸟故事

宫玉芳 著

出版发行/时代文艺出版社
地址/长春市福祉大路5788号　龙腾国际大厦A座15层　邮编/130118
总编办/0431-81629751　发行部/0431-81629755
官方微博/weibo.com/tlapress　天猫旗舰店/sdwycbsgf.tmall.com
印刷/保定市铭泰达印刷有限公司
开本/660mm×940mm　1/16　字数/130千字　印张/16.5
版次/2018年1月第1版　印次/2021年5月第2次印刷　定价/49.80元

图书如有印装错误　请寄回印厂调换

前面的话

  这是一位清晨散步者即兴写下的一些零言散段，记述的是园中草木虫雀的事情。

  园子是新近向晨练者慷慨开放的行政学院的校园，占地纵贯前后街，除前后两栋教学楼、附属建筑、球场、路面外，遍植松、杉、榆、柳和花卉灌木；随地赋形，辟出很多花畦、草坪，楼檐上栖着无数麻雀，飞来飞去，叫叫喳喳……扰攘的市区中心竟有这样一爿天地，真让人意想不到，是长期楼居生活感觉单调还是天生性情关系呢？这些久违了的生物叫我一见之下顿生欢喜，便情不自禁地被吸引过去，同它们亲近起来，并把观察它们作为每早的日课。

  这是在春起至夏初，园中几乎一天一个变化，草发芽，树吐绿，候鸟迁来，蜂蝶纷飞，麻雀们争偶、筑巢、孵雏、训飞……生命以它的千姿百态呈现在人们面前，叫我应接不暇，终日沉浸在与它们交往的快乐之中。

快乐之不足，又归来记下这些东西。自己觉得这样走走看看记记的，对于恢复疲惫的身心裨益不小，私下以为或可称为一种特别的晨练功夫。愿献诸同好，以博一悦。

本书出版之际得张钧先生为之配图，在此致谢！

作　者

2017年6月

1

一进院子就听麻雀叫，声音在清晨寂静的空气中传得很远。往前走，发现是在前楼楼檐，大约聚集了四五十只，排成一字长蛇，抻脖跷脚相互叫嚷。

情景叫人感到意外。印象中，麻雀们整个一冬都显得很寂落，现在居然热热闹闹地聚成这样一大帮，是不是有什么特别的原因？此时已进三月，节气已到"惊蛰"，虽然北方的天气仍旧寒冷，但已不是刮鼻子刮脸了；有暖气沟在下面通过的路面已经融雪；天亮提早，参加晨练的人越来越多……麻雀对天气应该比人更敏感，它们是不是觉出了春来的脚步，止不住互通喜讯并大加议论？

另有一小帮儿麻雀栖息在楼边的一棵大树上不动，似乎知道好消息是从南方传过来的，带着一种不再干冷而又清新的气息浸入它们的肺腑，因此把头一律朝向南方，鼓起胸脯，感受这种气息；小脑袋枕在胸上，沉迷于想象之中。

还有一些麻雀在飞，从楼房一侧的瓦脊飞起，越过院内网球场、排球场，直达街头大杨树，然后又沿同一路线飞回；翅膀一振一振的，像子弹一样把自己射出，动作虽然强直些——这是"猫冬"所至——但极顽强，并一路发出兴奋的叫喊。这无疑是在拉练体力，准备迎接春天。正如院里几位年轻人，怀着一年之初的好想法跑步，此刻已经跑得甩掉了绒帽，头上腾腾冒热气儿……

2

　　樟子松和云杉树都不是白城本地的树种，它们源自大小兴安岭，是近年城区绿化中引进最多、也最成功的两种树，而引进时间最长、生长最好的当数这座院子。楼前楼后、运动场周围和院子四周随处都是，从外面看已经郁闭了院子。平素路过这里总禁不住停下脚步看两眼，觉得气势不凡，不想由于院校的慷慨开放也身临其中了。

　　前楼前面的两排樟子松长得最好，大约有三十多年树龄，高度超过了二节楼的瓦脊。站在下面往上看，枝杈一路旋上去，只在枝叶间透出一点儿天光，令人晕眩。

　　有麻雀在上面叫，叶团颤动的当儿可以看到它们的影子。本地是平原地区，麻雀一向只在田舍和少量杨、柳、榆、槭间活动，如今在松树上会不会觉得硬挺的针叶不舒服？实际上这只是我们的感觉，它们并非如此，可能是时间解决了问题，从这里跳到那里，甚至闭着眼睛也能找到自己想去的地方。可以想见，整棵大树的所有枝枝丫丫都留有它们日常生活的故事。此时它们栖得很高，觉得无外界威胁，不把人放在眼里，蹬踏，剥啄，叽叽喳喳地打闹，只把一些枝皮的碎屑儿丢下来，像静静落下的一些小蛾子。

云杉的针叶比樟子松更硬，不适于麻雀栖落，它们轻易不去，但有些时候反把它们作为特别选择的聚会场所，因为云杉的枝叶太密了，密得从外面看一点儿也无法知道里面的情况，有时一聚好几十只，哇哇地叫个不停，在远处听像这棵树在叫。走到跟前想听听它们叫啥，声音戛然而止；待你走过去之后又哇的一声叫起来。

3

前院西侧的两排云杉树应该是当初绿化的边沿，后来似乎觉得离围墙栅栏还有一段距离，又补栽了两行垂柳，现在已经成龄，株株十余米高。两趟树之间有一条光溜溜的小道，是来院进修的干部们踩踏出来的，现在成为清晨散步人的必经之路。

这儿由于处于院子紧西侧，所以最早见到阳光。当太阳从远处楼房露头时，首先照到树趟中最高的那棵柳树，给它的梢条镀上金光，像燃着的一团火。常有麻雀在这儿早早地停栖等待日出。其中有几只表现得相当执着，别的麻雀时来时走，来时将枝条踩得直摆，走时又把枝条弹得乱晃，这几位始终不为所动，像荡秋千似的粘在那里，直到阳光上来燃亮它们的胸脯。

继而阳光照到树身，十分辉煌。这些柳树都是长到丈把高、树干发育到相当粗壮时被齐头锯掉又长出新枝来的，这样的培育法以前在街头见过，曾担心齐头锯掉后是否还会成活，现在看这种担心完全不必要，因为这里的柳树正是在当初齐头锯掉的地方又长出新枝，而且出奇地茂盛，在阳光照耀下像节日喷发的焰火。

　　最后阳光照到林间小路上活动的人。由于大家都穿着羽绒服，红的蓝的黄的粉的都有，当在树木的掩映下时隐时现时，看上去十分悦目。

4

楼前脸儿爬满一种筋络似的植物茎蔓，曾多次见过这种东西，夏季绿叶覆盖墙面，秋季又一片绛红，把墙面遮掩得十分好看，只是没有近前瞧过，不知它们何以贴在墙上不脱落。现在看，是它们的卷须末端分泌出一种胶质物把自己粘在墙上，很结实，拽都拽不下来。刘老师告诉我它们叫"五叶地锦"。

刘老师是这个学院的退休老师，每天清晨也到院子里来散步。他说这座院子里的绿化在市区里数一数二，是他们老师几十年如一日用义务劳动营造起来的，言谈中不无得意之情。又问我看到后院水蜡树篱小园中那棵大桑树了吗？那可是本地最大的一棵桑树呢。

去后院看。这些天虽然天天满院子走，也曾与这棵树天天碰面，但总以为它是一棵大榆树；其周围几棵低矮的垂榆也让我把它同榆树联系起来。听了刘老师的话又去看，觉得它的确与榆树有别。虽然树形、枝杈和梢条相差不多，但树干有瘤儿，皲纹也不全如榆树那样上下竖直，而是呈核桃壳般纹理，纹理也不像榆树那样粗糙，有如打磨过一般。

问题是，不是说我们这个地方冬季气候寒冷，长不了桑树吗？为什么这棵树活得好好的，而且长得这么大？是什么人，在什么时候，怀着怎样的心情栽下这棵树？

5

麻雀机灵得很，一路走过，总会见到那么几伙儿，见人便飞，人走过之后又重新回来刨食。飞起时是一股脑儿地上树，带着呼声，齐刷刷地让人看不出是谁领的头。我想肯定有一只领头的，在大家忘情地采食中，一直保持警戒。为了保证大家安全，它宁可少吃一些。或者没有特别警戒的，但对它们有威胁的事物正好被一只麻雀发现，它就迅速地发出警报。这可能是一种极特殊的声音或动作，由于传递得非常快，麻雀们能觉察到，我们觉察不到。

大门内侧云杉树下的一小群麻雀就是这样，相信每日来这里玩的是意趣相投的同一伙儿。这儿是林下空地，没种什么别的，一任野草生长，可能是对埋在土里的草籽儿特别喜欢，或者感到这儿的沙土地特别可亲，总是不停地扒刨。看到它们十分专注却因我的打扰而躲避，常觉得不好意思。

实际上麻雀并没有那么娇气，它们拿起飞根本不当一回事，就像我们转个身儿或走两步一样。这儿距街头只有一栅之隔，虽是清晨仍不断有汽车路过，轰鸣声一到它们就飞上树，这种躲避在最初可能有道理，时间久了，明知汽车对它们没有威胁仍这么做，不是故意的嘛，或者这样做是为了解除一味刨食的单调、换个差样的形式玩一下也说不定。

　　站在远处看它们，可看到它们飞起时在日光下的亮点儿，像油珠儿一样迸溅到树上。虽然听不到轰鸣声，也知道有一辆汽车路过了。

6

经过前楼山墙和围院栅栏间的狭窄过道进入后院，出乎意料地与几只麻雀撞个正着，目光相对的当儿双方都愣住了。

它们正在一棵垂榆上玩，垂榆还没有从冬眠中苏醒，伞状树冠中的枝条密结，如粗糙的石头坡面，它们在上面登上滑下。如果像一般行人那样不停步地走过去，它们也许不会在意，现在不行，我停下来，它们也停下来，空气弄得很紧张。我猜它们此时的心里是盼我快点儿过去，好叫它们游戏如初。

还是头一次这样近距离地看它们，原来各个污头秽脸，像淘气的孩子掏了谁家烟囱似的。不用说，这是一冬捂在窝里又常去街头扒垃圾所至，但它们自己并没觉出什么，春天的到来使它们兴奋异常，你看它们的小眼睛，闪着多么野，多么亮的光啊。

僵持一会儿，又友好地向前走了一步，一只麻雀飞走；再向前一步，又一只飞走；最后所有的麻雀都跟着飞走。

也没飞远，都落在篱园大桑树斜出的枝条上，歪脖儿看我。

7

大桑树上永远有麻雀在玩。这个由繁多枝杈组成的树冠有如一座深宫，是它们玩不够的快活园。它们在上面谈天，说笑，打闹，蹿来蹿去地追逐，或者一动不动地望天，看过路的人和车辆来来去去，无所不乐。

有时一些麻雀会飞下来，落在近处的锅炉房门口。锅炉房内有一个蒸饭器，是为带午饭的老师们准备的，淘米取饭时偶然留在门口一点儿碎食，它们就拣着吃。清晨锅炉工开门，它们会呼啦一声飞回大桑树。由于刚才是在桑树上玩够了下来的，所以只在树上打个站儿又飞起，在院子上空绕圈玩儿，之后，两只飞往前院，另两只飞向院外，在邻楼楼檐一棵奇怪地衍生出的小树上站一下脚，继续朝北飞，翅膀蹿两下就变成了小黑点儿。原来它们的活动范围很大，就像这样，在我想一下的时候，它们就已经到达北郊菜园了。

8

最早进园晨练的是几位老大姐，她们在柳树趟儿一端开辟了一个场子，天天做"八段锦"健身操。紧挨着她们的那棵树上有几只麻雀，也天天到这儿来玩。起初，人们一来就把它们吓得躲到一边，天长日久见人没有妨害它们的意思，又守着大树嬉戏如故。

老大姐们做完"八段锦"后又围成一个圈儿做扭头晃腰拍腿等动作，同时唠嗑。看得出每天出来唠一会儿嗑也是她们的一个重要活动内容，家长里短，奇闻逸事，捡啥唠啥。唠到热闹处，麻雀也被吸引下来想听个究竟，探着身子，几乎就要碰到她们的鼻子尖儿，直到大家为一件逗乐的事哄然大笑，才慌忙蹿回树梢儿。

它们也唠，叽叽喳喳地嚷成一团。嚷犹不足，还互相招惹，你追我撵、撕皮掠肉地在丫杈间乱蹿。喧闹声盖过了老大姐们的唠嗑声，人也惊愕地抬头看它们，不知它们发生了什么事。

9

　　园中可供麻雀栖居的地方不少，仓库、车库、食堂、锅炉房的檐下都有，最好的地方是前楼檐。楼是一座老式楼，两层，红砖墙，大瓦顶。从斑驳的瓦色上看，不知串换了多少回，始终没把下面的檐缝堵死。这就给麻雀提供了一个栖息处，从东到西六七十米长檐下差不多每隔一米就有一个麻雀窝。

　　这儿向阳、温暖、视野开阔，特别是周遭环境，绝非其他地方能比：上有大瓦顶，坡面如广场，尽可徜徉。一般情况下它们晨起并不忙于远飞，而是在檐头梳洗，互道早安，唱晨歌，蹲在"广场"上晒太阳；隔檐数米是樟子松树趟，想玩时一纵身就可上去，树既高且密，在里面想咋玩就咋玩，绝无打扰；樟子松下面是花卉灌木，樱桃、丁香、刺玫等，一蹿即到，可在繁密的枝杈间跳来跃去，也可站在上面向院心眺望或钻到树丛根部翻弄聚积在里面的枯叶儿；灌木下是草坪，里面有草籽儿，被雪和尘土覆盖着，扒一扒就有，多扒多有，少扒少有，总不会落空。看得出扒草籽儿对它们来说是一件最过瘾的事，让人想到它们天生就是这种爱扒拉着寻食的鸟儿。草坪临路，常有人车经过，但不打紧，只要有动静，它们就会立刻上树，或者径直飞回自己的窝。

这里的麻雀有福了。

10

夜里降下一场大雪。由于是在无风的情况下降落的，阳台栏杆上也积了两寸多高，漫天皆白，园中的雪有半尺多深。

毕竟是开春的雪，疏松而柔软，粘在地上很黏，杨柳枝条同栏杆一样也粘了同样厚度的雪，远看像镶在上面似的；树篱变成雪墙，樟子松叶簇撑起一把把雪扇，短一些的云杉成为小雪塔，高高的杜松成为雪柱，灌木成为通体皆白的玉树琼花。庆幸自己出来，这么美的天气不出来真是一个损失。

院子里有三位校工清雪，铁锹杵在地上，发出滞重的声音。已经清理了好一阵子，由于积雪太多，只能应急处理，在路面一侧豁出一条通道。

麻雀出来的不多，好像知道出来也没食可采，多探身窝口往外瞧。几只不甘寂寞，结伴而出，在后院侧柏中乱翻，把雪弄得纷纷掉落。走近细看，掉下来的是侧柏的果球，形状类似调味品中的大料，果仁儿有一股松子兼线麻籽儿的香味儿，麻雀可能是来啄食它们的，雪地中留下它们杂沓的爪印。

11

　　雪后降温，檐头垂下二尺多长的冰溜儿。刚来时院子完全罩在阴影之中，冷得像个冰窖。麻雀们不知躲在哪里，偶有一两只冲出窝口，像蜜蜂那样把自己悬浮在檐前，用强力的办法增加体温。

　　到了七点钟，阳光从远处楼顶射过来，院子上空顿时华光一片。就像一台大戏拉开帷幕，只听哇的一声，麻雀欢叫起来，从这里那里跃起，满院乱飞。

　　随即冰溜儿开始融化，曳出长长的闪光的水滴，这里那里包括树上也滴滴答答往下落水；阳光照到地面时积雪潮湿，塌陷；结了薄冰的路面很快融化，积水像镜面一样映出天空和树木，换一个角度又反射出太阳的光，刺得人睁不开眼。

12

连日来一种"吱、吱"的声音，像不太好使的自行车的磨轴声，在耳边响个不停。看街面也没有自行车路过，再说哪来那么多不好使的自行车？今晨又听到叫声，抬头一看，是一只鸟儿，站在一棵樟子松的树尖上，像风向标一样转来转去，声音就是它发出来的。见我在下面，躲到旁边一棵树上，跟过去，又躲，最后直飞院外。

样子与麻雀一般大小，颜色也相同，但头脸与麻雀不一样。麻雀的头脸花花搭搭的，不管看多少遍总弄不清眼睛耳朵的确切位置；它不然，脸上有明显的色块，黑一块白一块地镶嵌着，让人想到京剧里扮演张飞或李逵的"二花脸"，更特别的是在头顶上似乎还撮起一点儿茸毛。

门卫王师傅可能见我行动怪异，走过来看究竟。我告诉他见过的那种鸟儿，他笑了，似笑我少见多怪，说："这不是'叽叽鬼'嘛！，往后你就瞧吧，新来的鸟多着呢！"

"叽叽鬼"名字耳熟，以前一定在什么时候听过，不知为什么取这样一个古怪的名字。在本地。凡遇到娇性、因鸡毛蒜皮小事与人没完没了掰扯里表是非的人，人们往往称他为"叽叽鬼"，"二花脸"哪一点与此搭界？我想这名字十有八九是从林区传过来的，他们常见常听，也就觉得平常甚至厌烦了，我们这里树木稀少，偶尔来几只可算得是贵客。忽然想起一个鸟名——"山雀"，大概就是指它们，是奔院中的树木而来的。

13

知道叫声是从"二花脸"小小喉咙里发出来的之后，觉得用自行车的磨轴声来形容真是不应该，我们的耳朵被城市噪音弄僵了，动辄便用它们来比拟，其实这鸟儿的声音很受听，发声时似先把口闭拢，然后气流一冲而出，像嗑瓜子儿一样脆生，之后又余音袅袅，蛮有情致。

又有几只"二花脸"进园，是不是昨天来过的呢，叫声欢快了不少，似乎都觉得这里果然是一个采食的好地方。一个劲儿地剥啄，叫声只表示自己存在或处于某个位置，遇着同伴也顾不上打招呼，只是擦肩而过。

从不落地，看得出它们果真是树上的鸟儿，吃软食儿，仿佛是虫茧，这样的虫茧曾在树上抠出过，由棉絮样的东西包裹着，里面虽看不清是什么，但踩一脚能冒出肉浆来。有时能真切地看到雀儿在树杈间一口一口地啄，虫茧似很黏稠，总啄不净。

吃东西特别讲究，一棵挨一棵向前搜寻，从树趟的一端到另一端，棵棵不丢；在同一棵树上也是如此，如垂柳，总是从当初齐头锯掉的地方出发，一路向上搜，到了枝梢再蹿下来重新开始，枝枝不丢。动作极灵巧，一眼就能看出与麻雀不一样，闪转腾挪，无不得心应手，用各种难以想象的姿势去剥啄丫杈，瞬间滑行到想去的地方，可抓住树顷刻间旋绕一周，就像单扛运动员做一个大臂轮……

14

　　跟踪一只"二花脸"，见它藏到远处一棵树下，赶到跟前不见。转到树的背面，见预料该看到它们的地方却魔术般出现另一种鸟儿：身子比麻雀长些，灰褐色脊背，像老鼠似地往树干上部爬。人在对面看它，似乎也不在意，仍旧做它的事，爬爬停停，用嘴敲树皮。

　　小心地转换一个角度看，它的小眼睛溜圆，锃亮，嘴细而长，略朝下弯出一个弧度；不住地敲树皮，又发出"驱、驱"的声音，似惊吓和驱赶里面藏着的东西。直至感觉到无所收获才从容飞走。

　　这是什么鸟呢，既然啄树了，就该叫啄木鸟吧，以前见过啄木鸟，没有这种小个头儿的，忽然想到与啄木鸟一样啄木但个头儿小的另一种鸟——旋木鸟，大概就是它吧。

15

晨练中有一位大姐，每天来总是独自一人来到一个偏僻处的树下，面朝东方，两眼微闭，两手抚胸，做一种说不出名目的静功，由于眼眉看上去皱一些，又不跟任何人讲话，就觉得她生活遇到了什么解不开的事。

今晨在樟子松树尖上发现两只体型较大的鸟儿，长相富态，下颌到胸脯间有一点儿葡萄红色，脑门上有一撮向后飘着的缨儿，便忍不住将这一发现告诉就近做"八段锦"的人。大家比比画画、吵吵嚷嚷向树上看，把鸟惊跑了。

这位大姐也赶来看，在大家都散后还不走，一个劲儿问我，"这是什么鸟呢？"看她惊奇喜悦的样子简直如一个孩子，往日的担心放下了，看来没什么问题，即使有问题也不难排解。

这鸟叫太平鸟，是门卫师傅过后告诉的，他对此鸟不感兴趣，说冬天常见，这鸟是直肠子，上面吃下面屙，太脏，想必玩过或见别人玩过，评价让人不平，为什么一定要亵玩而不去远观呢，它不但样子好，名字也好，应该找机会告诉那位大姐。

16

苏雀进园。老朋友了，当它们呼朋引类而来，一路发出"刚——刚——"激越又带金属般回响的鸣叫时，一下子就听出是它们，并一下子回到少时：将笼子匆忙挂上高杆，窥视，等待，看它们盘旋、下落……那是多么令人激动的时刻呀！

只在园内扫视一圈就飞走，大约这时正有汽车进院。过后反复寻找，发现在前院樟子松下面还有一只，不错，就是苏雀，雄的，脑门和胸脯上还染着最能显示它特色的胭脂红。它似乎觉得就这么离开园子有些不甘心，看还有什么值得带大家回来的理由。见人出现，向前飞了一段，又飞了一段，奔向后院，进入一个大花坛，掩入去年秋天留下的花秆中，嗑得什么东西啪啪响。

耐心等它出来，最终被它一耸身飞出院外。走近花坛看，嗑的是"蛤蟆腿子"籽儿，一种常在河边湿地生长的蓼科植物，近年被引种为观赏花卉，夏秋之季开出长长的粉红色柔荑花穗儿，种子类似高粱米粒儿。

也嗑一个在嘴里，淀粉很丰富，但未必适合苏雀的口味，它们是愿意吃谷子的，小时候每到秋天，都特意为它们挑选一些又粗又长的谷穗儿保留着。更愿意吃紫苏，它们的名字大约就是由此而来。

又想原先见到它们时，印象中是在初冬，刚下头一场雪，怎么现在开春也来了？细想不由好笑，事情再简单不过，它们是候鸟儿，是追随着适当的气候迁徙的，我们这儿是经停处，初冬与初春的气候差不多，那时是往南去，现在又往北飞了。

17

　　一群铁雀，大约十多只，风驰电掣般降临园子，只在地上沾一下脚，又挟带呼啸声飞走。

　　不一会儿，从后院传来一阵喧哗，如好多百灵儿争嚷。跑到后院，声音戛然而止，一切不见异样，唯有同麻雀一起站在大桑树上的十多只铁雀用诡异的眼光看我，我想叫嚷的一定是它们，还是刚才那伙儿。

　　铁雀通用名铁爪鹀，昔日冬季我们这里最多。在乡下亲戚捕捉它们的描述中，是两个人反穿白茬儿羊皮袄，擎网面两侧的支杆长久站立雪中，待遛鸟人把鸟群趋引过来，迎头扣下，一网往往能得数百只。这种东西吃的时候多见的时候少，没想到活着的时候这么生龙活虎，站在斜出的树枝上取一种探身前倾的姿势，目光咄咄逼人，飞下时翅膀凌厉，一展之后的力量够滑行好长距离；叫声出人意料地好听，不见身影真的会以为是百灵，声音高亮，口儿特别急，如果平下心来歌唱，一定会像百灵那样婉转动听。

过一会儿又出现在前院，冲到地里啄食，其本事更让人吃惊。麻雀刨食就已经够拿手了，它们比麻雀更胜一筹。花地里去年秋天挖了一些树坑准备今年栽植，被浮土、落叶和半融的积雪填埋，不知是为了寻里面什么东西还是习性所至，专爱扒刨这些坑。只见它们两爪左右开弓向后扒，湿土烂叶便从胯下箭似的进出，又用嘴左右乱拨乱甩，弄得扬儿翻天，不一会儿就掏去大半个坑。

先后停留十来分钟，最后挟带长长的呼啸声飞走。

18

用"叽叽喳喳"形容麻雀的叫声的确很贴切，但仔细辨听，觉得"叽叽"与"喳喳"似乎出自雌雄两种不同的麻雀。

那种发出"叽叽"声的应该是雄雀，声音尖而利，伴随这声音的是它们好动的身子、挺俏的胸颈、略显棱角的脑瓜儿和频频翘动的尾巴；一刻也不安静，总是蹿蹿趾趾要弄出点儿事故来，挑逗、尾追、角斗无所不为。"喳喳"声低而柔，应该是雌雀的声音，显得温和、安静，不主动挑事；体型略显得胖一些——这可能是它们常把脑瓜儿枕在胸脯上的关系——把自己缩成一个毛茸茸的团儿。

这不是绝对的划分。有时雄雀也故意学雌雀叫，而且比雌雀更像雌雀。尤其是从树上或檐头追逐而下，发出的声音与其说"喳喳"，还不如说"嗒嗒"，像机关枪发出的一梭子弹。

19

不知麻雀中发生了什么事情，像受了一种异样空气的感染，随处可见它们的异常情绪。

前楼瓦坡上表现得最明显，总有那么一两伙儿僵持在那里，似争论一个重大问题，各持己见，不肯散去；心情特别坏，沁头、跺脚、打唉声；瓦坡本来很宽绰，非要在同一路线上挤，你来我往，故意横着膀子撞人；撞着了就停下来发飙：

"别碰我，老子烦着呢！"

"哼，谁怕谁呀！"

接着就把眼对峙，像蒙古式摔跤那样挪步、转圈，找机会下手。别的麻雀也掺和进来，情势一触即发，一只跳起，所有都跟着跳起准备打仗。

真的打起来了。不是平素那种逞英雄兼娱乐的打斗，而是真打，下死手打，平时用来扒食的、飞行的、唱歌的家什现在都用在打仗上了。大体程式是双方得着机会同时跳起，照对方的头部用嘴啄；如因双方都很机灵谁也啄不到谁，就顺势使用第二个武器用膀子扑或第三个武器用胸脯撞；最后那双爪子也必顺势狠狠抓对方一把。

这样的打斗不知经历多少回合，有的进园时看到，离园时还结束不下来，直打得天昏地暗，羽毛纷飞。

20

看了两个早晨，终于得出眉目，原来是雄雀争偶。

端倪在于争斗场外站着的一只麻雀，原来未注意的时候以为是围观起哄的，现在看不是，它既不参战，也不离开，一直在旁边静观默察；争斗中的麻雀如果得一轮小胜，会跑到它这里与它并肩而立，昂首挺胸，发出极度兴奋的叫喊。很显然，这是一只雌雀，是两只雄雀共同追求的目标，是它们都想得到的战利品。实际上，说战利品未免把雌雀看低了，换一个角度看，左右局面的或许正是雌雀，它是战争的发动者，是在用比武的形式选择它的心上人，争斗胜负的裁决权在它手里，也是颁奖人，谁胜了就把爱情的奖杯颁给谁。

弄清这一点，也就明白了另一个百思不得其解的问题，即，在争斗中，某只雄雀有了精彩的一击之后，往往会把胸一挺，脖一扬，头一扭，做一个矫健妩媚的亮相动作，这是做给雌雀看的，目的是为赢得她的芳心。

不是所有的麻雀都在争斗，争斗的只是去年出生、今年到了婚嫁年龄的青年。至于老麻雀，仍是原来的对子，它们不争斗，只是双双用一种欣赏的目光，看后生晚辈演绎它们当年的故事。

21

　　麻雀们的眼睛很尖，耳朵很灵，要想在某个角落里私密地约定终身而不被别人知晓根本不可能，即使约定了也不算数，跑出来还会被推翻，是不是因此它们才索性把争斗场放在最显眼的楼顶瓦坡上，来一场公开公平的竞争呢？

　　知道早晚要有一搏，来时表现得十分镇定，约好了似的，以平静的心态、狠准的动作开始。双方都不是等闲之辈，很难在短时间内决出结果，一个清晨斗一场，至少也要个把钟头。当两人都打到筋疲力尽时往往出现胶着状态，你咬住了我，我也咬住了你，谁也不松口，就撕扭起来。有时从楼脊扭起，顺瓦坡展开，忽而你把我压在下面，忽而我把你压在下面，一颠一倒地从瓦坡往下滚，为了不至失重，下滚的时候都把翅膀展开，打得瓦片啪啪有声，直打到楼檐才住手；有时打到楼檐也不住手，便双双跌落下来，懵懵懂懂爬起，摸着对方再打；有时追逐到圈外，满院子乱窜，老远都能听到被掐者鸭子般"嘎——嘎——"的惨叫声……

22

　　打败一个对手未必完事大吉，如果再来一个争夺者呢，这就需要再战，虽然对此看不大清楚，总觉得争偶雄雀在成功路上打的是一场又一场卫冕仗。

　　即使大局已定，得胜雄雀仍时时提着一份小心。大桑树上有一只雄雀，看样子是从争斗场上败下来的，但对此前心上人仍不死心，踅踅摸摸找机会向她靠近，这引起了得胜雄雀的轻蔑与愤怒，冲上去把他赶跑。过一会儿，他又来了，站在不远不近的地方与得胜者对峙，似乎在说："这棵树也不是你一个人的，我在这儿玩一会儿还不行吗……"说是这样说，实际还是找机会亲近，得胜者气愤已极，向它发起总攻，把它从大桑树撵到后楼顶，又撵到车库，撵到食堂，最后逼近一个角落。得胜者也不回树，在这里长久地将它看押。

　　另一只雄雀，可能还没找到对象，神情恍惚，本想越过楼檐前飞，突然折下身来，胡乱抓住了檐下的一根地锦枝蔓，不想枝蔓脱落，闪了它一个大跟头。它死死抓住枝蔓，顺势荡来荡去，逐渐找到了打秋千的感觉，还自我解嘲地向檐头的一只雌雀递了一个媚眼。这本是无意的，也遭到与雌雀并立檐头的雄雀的忌怒，冲下来把它赶跑。

23

　　在柳树趟儿中走，不意被柳枝儿刮着了脸，这才发现原来斜向上竖的枝条现在都弯垂下来，显得又密又长。古人曰"喜柔条于芳春"，的确，枝条的柔软是春来的一个标志。想折一段下来，不成，柔韧得很，用手缠一圈儿，一松手又弹了回去；一阵风吹来，枝条荡起，回复，磕头碰脑。

　　又去看垂榆，也显出活润气儿。这种树是嫁接后长起来的，嫁接处是它们现在的脖儿，有风吹来时，树干不动，树冠中的枝条也相对不动，只有这个脖儿动，一扭一扭的。

　　后楼前面有一排杜松，个头儿细高挑儿，常绿的枝叶紧贴树干生长，成为一个圆柱形。有风吹来时更动得好看，如时下换上毛裙的年轻女子摆动她们的腰肢。

24

日前进园两只喜鹊，吓得麻雀四处飞蹿，由于天天来，不见有什么威胁，麻雀也就平静下来。

喜鹊怎么会到这儿来？从它们来的方向看，应是北郊菜园，那里有很多大杨树，是它们祖祖辈辈生活的地方。这两只应该是去年出生的年轻喜鹊，眼下到了谈婚论嫁的时候，想找个地方安家；本来原籍不乏安家之所，一而再再而三地往这儿跑，是不是看中这里了？

越来越看出喜欢后院的电信塔，这是通信公司新近借地安装的，五十来米高，顶部七叉八叉伸出些天线，它们可能是把它当成一棵特别的大树了。每日都要站在顶部的一个检修设备的平台上叫一阵，似乎讨论在这棵树上安家的可能性，近日又下到塔的底部。一阶一阶往上登，体验脚踏角钢的感觉，研究这棵树的细节。

走在上面的可能是雄鹊，胆大，扬脖打量一下上面的角钢便蹿上去；每登高一步，都回过头来看一眼下面的雌鹊，叫两声，似乎征求她的意见，问"行不行？还上不上？"雌鹊抬起头，有些怯意，微喘，仍果断地指示"上！"

25

　　一群鸽子，每天早晨从远处的一个地方飞起操练，昨日把眼一瞥又见到了它们，随即觉得不对：鸽子飞行时是闪烁着细碎的光影，从一个固定的地方飞起，划一个大圈儿，又回到固定的地方去；眼前看到的是一直朝前飞，队形很稳定，身子似乎很长。忽然想到大雁，算算日子，已是"九九"，正是我们这个地方大

雁来的时候，该是它们吧。

　　今天再看，果然是大雁，先后两群，其中一群排成一个规整的"人"字形，而且飞得很低，明显看出它们的长颈和肥臀，甚至让人感觉出它们风尘仆仆而来的气息。好像被这座城市吸引，有几只竟离开队伍想降落下来，被头雁费了好大的劲儿整饬队伍，最后以一个倒"丫"形离去。

26

　　乔师傅是一位企业退休职员，与老伴儿一起来晨练，老伴入了姐妹们的伙儿，他一个人捡一个偏僻的地方做功，因看大雁我们凑在了一起。他说"七九河开，八九雁来"的谚语在我们这里不适用，我们这里要比谚语说的晚十来天，而且雁来要早于河开，它们愿意在半开化的冰面上过宿。这话不假，前两天回故家洮南一趟，见洮儿河水的确没有化开。又唠起大雁飞往的方向，他说应该是去东北方向的莫莫格湿地保护区，然后是扎龙湿地，最后是三江平原。这与我见到的有别，在洮南看到的十多拨儿大雁不是朝东北而是朝西北飞，看态势是想翻越大兴安岭，而后去呼伦贝尔湖。洮南在本市正南二十五公里，同属一区，有这样的区别是不是说明我们这个地方是大雁迁徙的岔路口？

　　我告诉它园中有"二花脸"，他也感兴趣，领他去探访。没见着"二花脸"，却见到两只与"二花脸"一模一样，也是脸上一块黑一块白、只是身子呈洁净的灰蓝色的鸟儿。他说见过有人笼养这种鸟，把它叫"黑子"，也是山雀的一种。

正看"红子"，一位走圈儿的师傅凑过来，见有异鸟，拾起土坷垃就打，一下子把它吓跑了。这位老兄还停留在从小打鸟的习惯上，又说什么哪天弄个丝网来捕，把我们吓一跳，赶忙劝阻，方才作罢。

27

　　看得出园中麻雀的繁衍正处于增长时期，前楼阳面檐下挤满了住户，车库、食堂等等条件较好的地方也住满了，新结对子的麻雀在哪儿安家落户成了问题。

　　前楼西侧通往后楼有一条过道，由于楼山墙上端也是瓦檐，便成了它们的选窝对象。应该说这不是一个好地方，地处风口，又常有人车来往，但要想在园中驻足不失为一个考虑之处，至少有五六对麻雀都看上了这里，大声吵嚷着，把这里搞得很热。雌雀们站在檐上勾着脑袋往下瞧，雄雀们则翻到檐下，蹿动着，窥视每一个檐缝，看哪一个可以开辟利用。由于勘察者过多，使它们不得不排着队地向一旁蹿，想多停留一会儿打量一番都不行，都会被后面的挤走。某只麻雀选中了一个地方，伏在上面大声宣布此处归我所有，但没人买账，旁边一只冲过来就扯它的尾巴，接着又上来第三只扯第二只的尾巴，一个扯一个，从楼檐直坠下来……

　　从前楼正门进去有穿堂可达后院，因为冬天人来人往向楼里灌寒气，在后门外加盖了一个倒厦，后来不知什么原因又拆除，在墙上留下一个螺栓孔洞，也成了麻雀琢磨的对象。这里显然不适合做窝，洞口低，人一抬手就能够到，站在对面不远的一个水泥墩上看，目光正好与洞口平齐；洞口四周没遮掩，明晃晃的惹人注目，被好事者盯上就可能有危险；即使人不加害，门开门关，咣咣当当的，也不得安生……还有，洞口十分窄小，口径不足它们的腰围。真不可思议，它们是怎么钻进去的呢，好像天生有"缩骨功"似的。

开始有两三对麻雀在这里流连，后来只剩下了一对儿，看来它们是铁了心要在这里做窝了，守在窝口你出我进轮番作业，挖掘扩大里面的可容空间，把碎砖碴儿一颗颗甩出洞外……

28

后楼是近年的新式建筑，高六层，平顶，水泥檐，檐下无缝，麻雀无窝可选。楼看上去虽是长长一栋，实际是两栋并连在一起的，中间有一个不易察觉的缝隙，由上下通直的一条窄木棚盖着。由于风吹雨淋使木条翘起一些，便被麻雀发现了里面的秘密，纷纷前来勘察，看能不能在里面做窝。

想法可行，但勘察十分费力，墙面陡立，立足时必须加大脚趾的力度已经够难了，由于木条是竖着的，还得横着身子才能探视到里面的情况和出出进进，费力的勘察使它们无法持续长久，只能轮番作业，干一气儿歇一气儿。离远看去，从二楼到六楼，每层楼与木条相邻的窗台上，都站着准备接手干活儿的麻雀。

发生一件让人想象不到的事：一只麻雀困在缝隙里出不来了。可能是受了里面什么线绳或铁丝的牵绊，往外挣脱时因疼痛而发出惨叫。所有的麻雀都围过来了，一同跟着叫，叫人触目惊心。可是谁能解救得了呢。围观者无可奈何，又各干各的活儿去了。

有一只麻雀没走，凭感觉我想是里面受难者的妻子。紧紧地守在窝口，不断向窝里探身，把脸贴到受难者的身上。当受难者又一次向外挣脱的时候，她竭力帮着往出拉。有一次半个身子都挣脱出来了，但终因里面的牵绊又缩里去。这一次消耗很大，痛苦也最烈，只剩下微弱、无望的呻吟，妻子又一次探身进去抚慰，劝他别灰心，歇口气儿再来。

29

自家住宅小区与行政学院一道之隔，原先很少见麻雀，这两年多起来，我想是校园中的麻雀繁衍扩展到这里来了。

打开南窗就可以看到它们，亢奋的鸣叫，箭一般地蹿飞，这是新成家麻雀找窝时的特有状态，有明确的意见表达和飞行目的，大约有十多只，围着对面住宅楼找窝。住宅楼是水泥平顶，檐下无缝，它们不知所往，这儿探探，那儿瞧瞧，常常是站在水泥装饰物的凹线处或某个犄角里，将身子一偎再偎，长时间地体验，直到一阵强风吹来，才知不合适，转而寻求其他。

阳台排水孔，空调机进户废弃孔和架设通信线路造成的一些孔洞都成了它们窥视的对象。一些人家在北窗吊安了贮物篮筐，里面放了干葱、春节没吃完的"年嚼裹儿"等，也被它们看上了，从下面的铁丝网眼儿钻进去，在杂物的棚盖下体验窝的感觉。

有麻雀找到了好地方，是顶楼的阁楼，虽然窄小，但有一段瓦檐，这正是它们传统的做窝之地，逐渐引来其他麻雀，小小的影子在上面翩然来去，发出极快活的鸣叫。

30

　　找窝中的麻雀与前期有别，找到之后以窝为活动中心，亢奋地呼叫，箭一般蹿来蹿去。不是恋窝，窝最后的确定还是个未知数，这不仅是因为它们眼光高，看中了往往又扔掉，更主要的是防范、紧守，有的窝你想要我也想要，这就难办了。同找配偶一样，找窝也同样是一场激烈而持久的争斗，厮打和追逐时时都有。

　　前楼后檐原是一个寂落的地方，因为缺少光照，雀巢不多，现在也都成了热争之地，十多只麻雀在这里噪来噪去。看得出找窝中雌雀的意见起决定作用，它们很挑剔，迟迟不肯拍板，总是反复地在窝内进进出出，体验感觉；总是把眼四瞧，看别家的窝是不是比自家的好，还时不时过去窥视，甚至钻进去。这就引起一场战争。雄雀在找窝中不拿意见，雌雀说好，它就说好；雌雀说不好，它就说不好；雌雀说这个窝我要定了，它就去争斗。想当初争偶时那么生夺硬抢，现在却百依百顺，唯命是从，不禁叫人好笑。

两只雄雀为争窝进入酣战状态，互相咬住了头部从楼上跌下来还没松口，继续斗；斗得太累了，双双瘫倒在地上歇气；有了点儿力气之后又斗，走近跟前几乎用脚踢到它们也不松手。楼上一直有麻雀观战，其中一只冲下来，围着它俩转圈儿，像摔跤场上的裁判员那样聚精会神，当两位斗士相互钳住对方的某个部位僵持不动时，干脆跳到它们身上一看究竟，看其中有没有可判输赢的要素，以便公平决断它们所争窝址的归属。

31

新落的轻雪很快消逝，一部分渗入地下，一部分在日照和风吹下无形地挥发，只有楼前树根下还存留一些，依太阳起落的光线，缩成小小的一堆儿，像藏匿的散兵游勇，窥视本军的败局。

楼房背阴处还有冬日的积雪，特别是道路旁边积雪更多，它们是冬日一次次清扫路面堆积而成的，正午阳光最有力时融化一层，夜来又结冻，成为雪不雪冰不冰的东西，且竖起片片斜茬儿。当新的一天太阳又上来的时候，雪堆逐渐变暗，变软，似潸潸流泪，雪脚退却的地方也随之润湿一片。

令人奇怪的是，润湿地方的草与别处的草不一样，明显发绿，起初以为是去年秋天气温突然下降将草速冻，后又被积雪压埋保住了新鲜颜色，也只是徒具颜色而已。实际上并非如此，草梢部分固然已经无望，但下面的茎干部分还是鲜嫩的，似没有冻死，今年的新叶完全可以从这里抽出而不必从根部重新萌发。

几位老大姐晨练完正往出走，见我蹲在雪堆旁揣详，内中一位喊道，"不用看啦，返青啦！"

"返青"这个说法真恰当，她是怎么知道的，是不是也扒看过了？

32

眼睛被小路前方的一个亮点儿晃了一下，通常这应该是一个玻璃碴儿或瓷碴儿的反光，走到跟前又不像，是浮在地面上的，似婚礼上抛撒的绿色纸屑儿，用脚触碰一下，掉落地面；拾起来看，受手温影响很快析出霜水，原来是一枚草芽儿。

这是本地称为"老鸹筋"的草，虽然芽叶极小，但已见出叶脉。昔日挖过野菜的人都知道这个土名，通用名应叫"委陵菜"，一种很耐吃、很出数的东西，同玉米面蒸在一起，熟了之后再用筷子扒拉开，称为"扒拉饭"。为什么叫"老鸹筋"这样一个怪名，莫不是它夏日伏地生长的微红的肉质长茎有如老鸹的筋，可谁又见过老鸹的筋什么样，大抵是说它皮实。

看情形，原来藏于浮土之下，是昨日被麻雀采食时扒拉出来的，见天气暖和，就莽撞地放开了叶子，夜来降温又结冻了，不知这样出来的草芽儿还能不能苏缓过来。

33

草芽儿的发现是一种有意思的事，只要发现一棵，就找吧，借助麻雀的扒刨，准会在它周围找到第二棵，第三棵……也会发现第二种，第三种……

两种草芽儿最感亲切，一种是辣根儿，一种是碱草，儿时常结伴去门前甸子上挖，回来做"过家家"的美味佳肴。挖时很是费了一番寻找，后来越发现越多，接顾不暇，圈起手臂宣布哪儿哪儿归己所有，身边的伙伴哪里肯听，他们也在不断发现中扩张自己的地盘，于是大家头拱头、腚拱腚地争做一团。

此时的幼芽是去年秋天种子落地长出被入冬的冰雪逼回，今春又重新长出来的，冒出部分是多枚芽眼儿攒聚在一起的小疙瘩，呈绛红色，如孩子手上的瘊子。下面是肉质根，又白又嫩，能吃。又像儿时那样嚼了一根，味道辛辣仍旧，如调味品中的辣根，但比调味辣根鲜烈，真正春天的味道。

碱草芽儿我们那时候叫"老牛"，拔的时候口中念道"老牛老牛你发芽，过年请你喝早茶"我们这里没有喝早茶的习惯，不知这话是从哪儿传过来的，是形容它的幼芽如老牛的犄角罢。小心往出拔，是一枚二寸来长紧紧卷在一起的单子叶，顶端是红色，接下去是绿，再接下去是黄，极鲜嫩。现在看，这样一枚幼芽儿叫老牛有点儿不太贴切，它多像一根淬了火的钢针啊，一朝脱颖，势不可当。

　　多长时间没做这种小孩子的事了，一年到头总是忙，忙得把自己都忘了，现在拔了几棵，觉得又回到生命的原点，重新感受到这个世界的新奇。

34

新认识一种草，乔师傅叫它"猫耳菜"，说在他原籍县是人人皆知的野菜，采来熬汤喝滑溜溜的很受用。又说它长成的样子与"辣根儿"酷似，也是高高的细茎儿，谷粒大小的花聚合在顶尖儿，留下的果实如抠耳勺儿。区别在于叶子，它的基叶是圆卵形的，跟幼株时一样，向四面散开又微微抱拢如莲座儿；叶子有厚度，披一层薄薄的茸毛儿。经他这一说我明白了，本地从不缺少这种草，只是没人拿它当野菜采，儿时站在洮儿河边看对岸拖地、耙地扬起阵阵尘土，脚下踩着的就是这种草，鲜亮的小黄花同我心一同摇荡的情景现在还记得。

又想起前期路旁积雪融化时地面露出的草芽中就有它们，只是当时太小，颜色灰突突的，又没在泥水里，不敢认。那时还没发现"老鸹筋"和"辣根儿"呢，它应该是最早出来的草。

以"猫耳菜"俗名为线索上网查一下，此草通用名为"葶苈"，一个古老而美丽的名字。又有一个俗名为"冻不死"，名副其实。

35

　　近处看一棵柳树也许觉不出什么，离远一点儿看，再离远一点儿看，是不是有一种新鲜的亮色呢？如果说前期枝条的柔软是无意识中被春风抚弄的，那么现在可以说是自觉地醒来。

　　垂榆也是，原先枝条密结的树冠如粗粝的石坡，现在清亮如流泻的瀑布。

　　京桃、丁香甚至鼓胀了芽苞，抠下一枚，碾一手指绿。

　　无变化的是樟子松，原先啥样现在还啥样，不动声色的样子让人想到沉稳大气的人物，无论你怎样对它说春天到了，别的树木已经活润起来了，他仍不搭腔，只用微笑对你。但偶然间，有亮珠儿在它身上一闪，手指触上去硬挺，继而柔软，焦黏，且散发一股奇香——是松脂。这下露出了它的破绽，原来在春天到来的时候照样抑制不住内心的激情而把生命的涌动泄露在外面。

36

　　树木中最先感知春天到来的是一棵大的糖槭树。当别的树还看不出消息的时候它就鼓起了芽苞，现在胀得更大，灰突突的，十分鲜明地伏卧在枝条上。

　　一件事让人感到奇怪，几天来在这棵大糖槭下行走总见地面有水渍，初以为是融雪所至，可是总不见干。今天意外发现水是从树上落下来的，把手遮在水渍处会得到水滴，有的水滴落到树上，顺着枝条浸润到树干，湿乎乎的一长溜，方知是树泌出的汁液，舔一口，甜甜的。

　　糖槭的名字近年才得知，原先人们都叫它"飞刀树"，以所结翅果如小飞刀而得名，虽然与杨、柳、榆一样都适合本地生长，不知为什么很少栽种，树的汁液中含这么大的糖分还是头一回知道。

　　美国自然文学家约翰·巴勒斯在他的文章里提到一种叫"糖枫"的树，也分泌甜汁，当地人用它来制糖。枫树即槭树，与我眼前所见应是同种。巴勒斯盛赞这种树："产糖季节一定是乍暖还寒之时，灰色的树林里绑在树上用来采浆的锡皮桶在闪闪发光，旅鸫在欢叫，红胸鸫在呼唤，一缕蓝色的轻烟从林中袅袅升起，松鼠跳出洞外，迁徙的水鸟向北游去，牛羊渴求地望着尚自裸露的旷野，季节之潮正在涌涨……"赶巧了，他所说的时节也是四月，天涯共此时，地球两面的人都在通过这种树感受春天，真是一件饶有意味的事。

37

日历载古人言："春分者，阴阳相半也，故昼夜均而寒暑平。"寒暑怎么个平法，园中灌木下的情形可以做一个注解：

清晨进园，灌木下的积水尚结着薄薄的冰，这是昨天白日的融雪冻结而成，说明"寒"于夜晚悄悄杀了回马枪，重新占据了旧地；一会儿，太阳上来，薄冰随即融化，孤立在冰水中的残雪也开始返潮、酥软，这说明"暑"向"寒"发起又一轮进攻，由"暑"主宰白天的时刻到来了。

引人注目的是那些处于寒暑拉锯战中的新草，它们是辣根儿、咸草、猫耳菜、老鸹筋等，零星分布在地面和泥水里，这一夜它们是怎样受着"寒"的蹂躏，熬过冰封雪冰的呢？但它们终于挺过来了，天亮时它们遇到了援军，舒缓了僵硬的身体，渐渐伸展起腰姿，这时我们才解除对它们的担心，并且看到它们一直在顽强地生长着。原先辣根儿的叶子只有按扣儿大小，现在超过了一元钱硬币，有的甚至拔出茎儿，长出第二轮叶片。还有老鸹筋，已经铺展成杯口那么大。它们胜利了，当太阳从远处楼顶露头，把热烈的光线透过树隙照到它们脸上时，它们笑得何其灿烂啊！

38

出人意料地又降下一场雪，早起隔窗外望，大朵大朵的雪花棉絮似的在风中乱舞。犹豫了一下还是出来了，因为昨天在园子里见到一种新来的小鸟儿，比别的鸟儿要小得多，叫声又细又轻，像抖动的银链子，由于离得远，没看清楚模样儿。小东西今天怎么样了？是不是还在，躲在哪个角落里冻得发抖？

园子里一个人也没有。雪半凝半化，稀粥似的，脚踏上去，溅出一个水窝儿。狂风摇得树木直晃，让人睁不开眼，这样的天气，上哪儿找它呢？

正想往回走，意外听到了银链子抖动。声音是从一棵云杉树里传出来的，凑近看，一只这样的鸟儿正在里边蹿跃，密密的枝柯庇护着它，不但没有惧色，反而显得更加兴奋。还大胆地冲出枝柯奔向邻近的树，像蜜蜂那样扑动翅膀悬浮在空中，探身够取叶簇上瞬间即逝的雪花儿。树很低，一伸手就可够得着，风雪迷蒙中它又不知躲藏，这就让我看了个够：小巧的身子，细草梗儿似的嘴，特别大的眼睛，黑色头顶上有一块棕黄与棕红相间的斑纹，像琥珀一样好看。

　　不仅如此，当我离开它往回走的时候又遇到一只，起初以为是刚才那只蹿过来，想确认一下，结果那只还在。再回来的时候可了不得，接二连三地蹿过来好几只，为了弄清它们的数量，我前前后后走了好几个来回，最后确定有八只。即是说，有八只小鸟儿在漫天大雪中光临了我们的园子！

39

后院花畦中拱出几棵红亮的花芽，粗细如人的手指，这还只是冰山一角，下面部分更大，看得出是一种宿根花卉，不知什么花。

两位老者进园，停在花芽前研究，走过去问花名，其中一位说是芍药。吓人一跳，问真的吗？他用下巴颏儿点着蹲着的另一位说，"这是老中医！"老中医一边抠花芽一边介绍，说芍药是个好东西，赤芍能活血，白芍能养血……不能不信了。

芍药的大名久有耳闻，最先是读了诗经《溱洧》，诗中说青年男女们去溱洧河畔游春，互相赠送芍药以表友谊和爱情，读之令人神往。后听说这里的芍药实指辛夷，但意念中仍执拗地把诗赋予芍药。前年有幸去河南洛阳一次，真正看到了芍药，与牡丹脚跟脚地开放，争芳斗艳，果然很美，欣赏之余觉得这是中原的繁华，我们这里望尘莫及，不想今日在本地也见到，不能不让人欣喜。

事情到此还未结束，一会儿校工师傅来，说这些芍药并非从中原引进，而是老师们去北郊台地草原野游时挖来的块根栽植的，在那里芍药有大量的野生。真让人想象不到，原来芍药是我们这里土生土长的花。人呀，为什么要小瞧自己呢！

40

前些日子为灌园方便在大片的草地上打了两眼简易井，坑土回填后留下一些泥巴，糊得地面让人看着发闷。现在一片泥片不知因何翘起，掀起来看，原来下面拱起一株车前子，已经有了两三片叶子了，一经解放，便很快撑起腰身，泥土的覆盖不但没有阻碍它生长，反而比别的车前子更壮些，大约是泥片起了保温的作用。

另一块泥片覆盖的是针叶草，单株看上去十分纤弱，但密集，大约有数百棵，合起来的力量还是把泥片顶了起来。

有一副双杠，像是去年秋天维修什么临时挪入草坪，现在位归原处，在草坪中留下草长的痕迹。双杠的基座是槽钢做的，呈"井"字形，留下的印记由焦黄的草芽儿组成，也是一个大大的"井"字。

树趟间的小路是由红砖铺就的，也没能挡住小草的萌发，它们从砖缝里钻出，密集的地方给砖勾画出绿色的轮廓。

41

　　后楼校工师傅从楼内搬出一些花：两盆石榴、两盆棕榈和几棵夹竹桃。

　　石榴已经出了叶，极纤弱，师傅说这时候发叶不算数，它们是在室温下长出的，见了风就会萎缩掉，须在外面重新发芽；棕榈很惨，叶子已经焦黄，打绺，奄奄一息；夹竹桃花盆里积满了烟蒂茶根，被足足扫出两铁锹。师傅将它们松了土，浇了水，在阳光下静养。

　　花盆旁边的树下蹲着一只鸟儿，褐色羽毛，脑门颜色更深些，胸脯泛黄，类似"花椒籽儿"，不细看几乎认不出来，身上饯毛饯刺，病恹恹的，不住地磕头打眯缝，人到跟前也不知躲。师傅说已经在这儿蹲了两天，看样子可能是被谁捉去过，卖给做善事的人拿到寺庙放生跑到这里来的。

　　没打扰它，心想就让它这样静养好了。

42

太阳一出来光线就很强，照得人不敢正眼看。一种攀爬在灌木上、夏日开花放出异香、果实被称为"老鸹瓢"的植物由于风吹日晒，开裂了它们瓢样的果壳，散发出的瘦果带着长长的冠毛，像玻璃丝一样闪光。

同样闪光的还有牵牛花的果壳，它们的数量更多，去年秋天此花不但爬满了灌木，甚至攀上樟子松和云杉。它们的果壳开裂成莲瓣状，中间隔离种子的硬膜又很透明，反射着日光，像开出无数光花。

还有麻雀的翅膀，在枝头扑动的当儿又遮光又露光，也闪烁着明灭的光花。

麻雀们近日越来越喜欢花卉灌木。这些树的根部聚集了很多潮湿的枯叶，扒开它们可以练肢爪，得实惠。它们常常十只八只在一起共同扒掘，全都钻到密密札札的根部去了，人走过来的时候不躲不行，躲又不心甘情愿，很勉强地陆陆续续地往枝梢蹿。有时候人已经过去了，才懵懵懂懂地飞出来。有时候人的反应也滞后，是在见它们受惊扰出乎意外飞离树冠的时候，顶着日光，所看到的往往不是连续的，而是凝固的飞影。过了半天才反应过来，凭头脑中留下的印象，查它们飞过去了几只，并仿佛才听到它们飞行时的扑动声。

43

后院传来一种异样的声音，好似戴胜鸟略带筒音的鸣叫。戴胜鸟是本地开春常见的鸟儿，平素只活动在乡野，怎么会到城市中来？走到后院，听声音似从水蜡树篱围着的小园里发出，到了跟前又什么也没见着。

回到前院，又听后院叫，悄悄赶过去，见一只大松鼠立在水蜡树篱园内的一块石头上，后肢立地，前肢抱胸，诡异地看我。一转身，又现出后背黑色条纹和大而蓬松的尾巴，方知是一只松鼠。我想声音应该就是它发出的。

我们这个平原地区怎么会有松鼠呢？这时校工师傅凑过来，说已见过这东西多次了。问他听过它的叫声没有，他说近些日子几乎天天早晨叫。问叫声什么样，说像"臭咕咕"（即戴胜鸟），这就对了。又说可能是谁买的宠物，玩够了，放在园子里。每次见到时总是一只，叫声似在寻求配偶。还说老师们议论过，有机会再卖两只让它们繁殖。这真是一个不错的主意，园中松树这么多，足够养活它们的。

松鼠一直在旁边看我们唠嗑儿，拱手竖身的时候不止后肢着地，尾巴也粘搭在石面上，成为有力的第三支腿。又抬起一只脚肢搔腋窝儿，速度快得让人看不清次数。没等我们唠完嗑儿一晃身子不见。

44

只要有意寻访，准能见到松鼠。

今天见它跑到前院樟子松树趟里啃松果，见我来，一晃身子不见，一会儿又从干草丛中露面，随即上树，一棵接一棵往前窜，直到无影无踪。

动作飞快，如不知它是松鼠，一定会以为是只鸟儿。上树的时候，小腿倒腾得让人看不出个数，顷刻间就由树根进入树冠；从这棵树到那棵树与其说跳跃，不如说在飞，速度完全可以与鸟儿相比。头脑或许比鸟儿还要灵，因为它在行动时是要选择起脚点和落脚点的，对此简直不加思考，就那么随心所欲、得心应手地利用着树枝。

松果是新近从树上掉下来的，前些日子还迷惑了我好长一阵子，只听见树上有鸟叫不见鸟的影子，后来才发现是松果弄出的声音，因风吹日晒而爆裂了，似在结束自己的使命前还要最后表现一下。

果壳翘得很开，像多重绽放的花瓣儿。个别未开的瓣儿里藏着籽儿，很小，味道很香。

45

又有一批草长起来，认得出来的有：

蒿。一种是灰中泛绿，有茸毛，幼叶儿打褶的那种，铺展成一小堆儿，下面往往衬有去年秋天的枯叶儿；另一种焦绿，没有茸毛，长势更快，有的已经铺展成杯口那么大。

蒲公英。一种叶窄如柳，俗称"苦荬菜"，我认为叫"箭叶蒲公英"更适合；如果它称"柳叶蒲公英"，那么另一种则可称"箭叶蒲公英"，因为它有明显的叶齿，如一串箭头儿。不过本地人称它为"婆婆丁"。为什么冠以"婆婆"，是不是过去挖这种野菜往往是婆婆们。

马莲。原先是人工栽植的，只在局部栽植，后来衍生到各处，冬天留下一墩墩枯叶，一直没怎么在意，现在见有人为了抄近走路将枯叶碾碎，露出里面舌状幼叶，才知它们早就在里面生长了。幼叶坚忍有韧性，人们踩踏过后，总是在枯叶墩弹性的保护下又重新翘起它们的叶尖儿。

46

　　无意间往楼前草坪一瞥，意外发现紧靠墙根处的草特别绿，从东到西，形成一条与楼等长的绿线。心想这是因为此处又背风又向阳的关系吧，但同样是背风向阳，紧挨着它们的草就没有这样绿，这样高，这是为什么？打量了好几回，最后发现原因在楼顶，这条草线正与上面的楼檐相对，早春以来下了两场雪，是檐头的融雪滴下来给它们吃了"小灶儿"

　　这种季节，哪怕有一点儿小小的原因也会造成长势上的差别。同样的例子还有几个：后楼花畦中的芍药芽普遍长出，但最先出芽的那几棵始终出类拔萃，已经长到一筷子高，并分出了茎与叶。当初以为这几棵底下一定被谁多埋了肥料，日前看锅炉工检修暖气管道，才知道这下面是暖气管道通过处，是多得了一些热量才使它们这样的。另一个是一小块草坪，前些日子烧枯叶堆时过了火，现在齐刷刷长出一茬儿青草，不用说是过火提高了这里的地温。

　　走出大门，又见近年新栽的柳树也是如此。柳树栽在马路两侧，靠北侧的已经鼓胀起挺大的芽苞，南侧的叶苞似乎仍然如故。究其原因，南侧的柳树紧邻楼房，阳光被遮挡的时间长，而北侧的柳树最先见到阳光。每天多得一个小时光照，差别就出来了。照此时情形看，路南的要赶上路北的还需几天。

47

　　麻雀毕竟是群居的鸟，当它们结了对子、安了家，把一颗心放下，又恢复了大帮儿生活。这时的活动行迹与前期不同，夫妻关系悄悄加入进来，常常在大帮儿活动中起引领作用。比如群中的一只麻雀玩着玩着突然受到远处一点儿动静的吸引飞过去，不一会儿另一只麻雀也会飞过去，这另一只麻雀一定是前者的配偶。接下来，群中的麻雀也许一个个都飞过去，这就是好奇了。同样，一群麻雀在树上玩得好好的，一只玩腻了飞到地面，它的配偶也往往跟着飞落地面，接着所有麻雀也都陆陆续续飞落地面。看着像跟着啄食似的，实际赶大帮儿、凑热闹的心情远远胜过食欲。

　　夫妻关系的存在也使它们的游戏增加了不少趣味。雄雀总是爱挑事招惹是非的，除了同性之间常斗勇较力，对配偶之外的异性也时有挑逗，这并非真心，对方的丈夫也必与之打斗，也不是动真格的，但激烈程度总会有。这时周围的麻雀往往跟着起哄，巴不得把事情弄大。打斗双方从地面打到空中，它们也尾随而上，吱哇乱叫。单看这一幕也许不知其义，实际上是它们在玩耍。

48

在柳树趟小路上行走，出其不意与一只新鸟儿相遇。

我们总是习惯于往上看，凭飞影或叫声来发现鸟，而这只鸟既不叫也不高飞，总是在离地一米以下的范围内活动，抱着树干东瞅瞅，西看看，然后低空蹿飞到另一树棵。你跟踪时它们前

蹿，不跟踪也向前蹿，总是匆匆忙忙、慌慌张张的。

虽说怕人，也不想飞离，这使我常有机会与它远远地打照面：身子灰蓝，背部颜色尤重；羽毛洁净、细腻、柔和；两胁下面各有一抹杏红色。另有一个显著的特点，停下来的时候总是把尾巴向地面一点一点的。初看似惊慌所至，实际不然，是一种本能上的习惯。

把它介绍给乔师傅，他说叫"蓝点岗儿"。名字耳熟，小时候随大孩子们捕雀时一定听过，只是那时所见鸟儿太多，什么花椒籽儿、烙铁背儿、红颏儿蓝颏儿……辨不明白了。名字取之于它尾巴的特点，但我最喜欢的还是它的秀气，尤其是两胁上的杏红色，它一定是从南方温柔之乡飞来的。

49

　　每天都能见到"蓝点岗儿"，不像是早晨新来，而是夜晚宿在这里。

　　蹲下来，朝树趟阴影里耐心地瞧，往往就会发现它们，翅膀一旋所表现出的风致与麻雀大不一样。仍没有定下神来，但怎么躲也不离开园子。

　　得机会细瞧了两回，眼睛挺大，滴溜圆，亮晶晶的，还有一轮又白又宽的白眼圈儿，这使得它看起东西来显得发愣；脖子似乎短了些，显得有点儿端肩。即便如此，它也是园中最美丽的鸟儿。尤其是它羽毛的颜色，初看灰蓝，实际远不止这么简单，有时青灰，一转身，在恰当的光线下又变成橄榄绿，就像妇女们穿的一种绸缎面棉袄，在不同的角度看会有不同的颜色。

　　仍然心神不定，显得很孤独。这时安慰它们的只有麻雀。见到一只麻雀与一只"蓝点岗儿"搭讪，领它熟悉院子里的情况，告诉它哪是丁香，哪是刺玫；当着它的面用爪扒地，告诉它下面有草籽儿可吃；跳上一棵枝条红亮的红瑞木，回头喊它"这里很好玩耶！"它疑惑地望着，不想再跟，麻雀这才"拜拜"一声飞走。

50

今晨风大，约有四五级，二十多只麻雀栖在楼前背风向阳的树上，听风扫樟子松发出的飒飒声，看柳枝大幅度地摆动。又耐不住寂寞，分帮伙一层一层地往树梢儿上翻蹿。

我想这样的天气迁徙鸟肯定不会来了，似乎出于同样的原因，一些鸟儿又滞留在园子里未走，种类之多超过往常。见到的除了"蓝点岗儿"之外，还有一种眉是白的、与下眼睑另一条弧形白纹对应，像文字中的"括号"。还有一种个头小巧，全身褐色，有角一样的羽冠，下巴颏处有一块黑，同羽冠中的一缕黑羽上下对拉，并与左右黑色贯眼线形成一个十字花形，不知是什么鸟。后来又发现了燕雀，黑蓝色泛光的头顶和脊背，橙黄色的胸脯，先是三五只，后是十几只，几十只，一阵风似的蹿入樟子松树冠；又从一棵树蹿到另一棵树，曳出一道橙黄色的光流；又落地，发现中间还混杂着先前见到的有羽冠的小鸟，同燕雀一起抢食水泥路面撒下的食物残渣，有羽冠的小鸟虽然抢不过燕雀，但不肯示弱，两腿倒腾得飞快。还是头一次见到不是双腿齐蹦而是双腿倒腾着跑路的鸟。最后又一齐腾起，飞向远空。

凭飞行中的印象估算一下它们的数量，大约有四十多只！

51

打拳的朋友唠起这几天电视新闻，说北京地区已经花红柳绿了，我们这里还是寒气袭人，连续几天的降温天气使本来出土的小草又都定格在原地，言谈中无不感慨。我倒不觉得这有多么大的损失，温暖的气候是从南至北漫延过来的，好饭不怕晚，我们这里早晚也会轮到。

实际上，只要仔细观察，我们这里也不乏令人欣喜之处，小草看似定格，实际是在"蹲苗"，现在气温回升，它们马上挺起腰身，而且明显看出比原先增长了一圈儿。

更可喜的是，有两种小草已经开花了。一种是葶苈，不知什么时候已经窜起一个细茎儿，顶起一堆小米粒大小的黄花，极鲜亮。另一种不识其名，以前没见过，如果见过绝不会忘记，幼菠菜似的叶子聚成一簇，中间窜出三两根短茎儿，各挑着一朵紫花，蝴蝶大小，也蝴蝶模样，一见之下，仿佛全世界都充满了它们的紫光。

这花叫什么名字，打听了几个人都说不知道，又不甘心就这么过去，便上网查询，没人提供线索谈何容易，最后灵感忽来，以"北方——早春——紫花——小草"查之，果然有朋友提及，说它的名字叫"紫花地丁"，在他们那里常见。这可能是因为生活环境关系吧，我们这里少有。

很高兴，这是我第一次靠自己的力量认识的一种草。现在可以叫着它的名字与它打招呼了。

52

外出几天归来，园中又有了大变化：

首先是草，草坪中的腐叶被搂走之后，残枝断梗下透出一层新绿底色，是人工针叶草大量出土；树下空地的野草也长起来，有的蒿已铺展成碗口大的一堆，长势旺的地方已斑斑驳驳连成一片。有两种新出的草最可观，它们是灰菜和"猪牙草"，不是单枪匹马，而是以集团军形式出现。大约它们是去年秋天种子落地后被雨水攒积到一起，现在成片长出，密密扎扎像铺了地毯。带土挖下一块，叶是绿的，茎是白的，根是红的，如同一块夹馅大蛋糕。

再有树，柳树远看已现出绿意，这是它们叶芽初发所至，有的"毛毛狗"已从花苞中探出了头儿；杨树也是，菜蒉花穗已挣裂花苞；灌木普遍鼓胀芽苞，其中丁香鼓胀得最大，长在枝端的芽苞已胖成孩子似的小手丫儿；由于一些灌木饱吸了水分，碰起来已不是原来哗啦哗啦的干响，而是咯隆咯隆地发出湿重的声音。樟子松也有了变化，原先虽然也是绿，但绿得勉强，像为了保持名声或完成任务似的；现在不然，是从里到外由衷的绿，从里到外的新鲜和愉快。

53

不知京桃树因何命名，乍一看好像来自北京，实际老家在黑龙江，因为那里现在还存有野生。黑龙江有一个地方叫"上京"，古渤海国都城，为元代东北五京之一，树名是不是从那时来的呢？

因为常见，便不怎么受人重视，但它有一个特点——开花早，在别的花卉树还没动静的时候它就开了花，园内的两棵由于地处当阳，开得更显眼，白里透粉满树冠，像噼里啪啦炸响的鞭炮，给园子平添一种喜庆气氛。

开花早，谢花也早，大抵只有四五天，即如今天早晨，进园时还觉得新鲜，离园时就有些不耐看了。是太阳上来比下去的吧，或是风掉了它最初的润泽？让人感到它们这么早开花有点儿抢风头，确如鞭炮那样一爆了之。

但事情不能这么看，京桃花开预示树木花事的到来，这么大个事情不能没有个形式，京桃正好充当了挂牌揭彩、发广告做宣传的任务。它的主要作用是激发、感染，让所有树木动心，按捺不住地对自己说："看啊，京桃开花了，我们怎么办啊！"

54

杨、柳、榆、槭脚跟脚开花。

最有气势的是那棵大糖槭，花蕾本是成簇生长，一旦开花成为一大团，花蕊也特别，足有二寸来长，如紫色的流苏。

榆树与糖槭正相反，不注意看不到花，太小了，微微泛紫，凭又细又短的花蕊可断定他们的确开了花。

柳树吐出"毛毛狗儿"，是它们葇荑花穗的雏形，刚从苞皮中挣脱出来，淡淡的绿色，离远看树趟儿如曳一片绿烟；

杨树也吐出紫色的葇荑花穗，又粗又长，数量又多，把整个树冠都染紫了，连天空也都被染了似的。

此外还有两种先长叶子的树，绿得十分好看。一种是稠李，叶密而薄，透光，又轻盈又活泼。另一种是"锦鸡儿"，名字很特别，是一种豆科植物，丛生，枝条高高的不分岔儿，叶子一撮一撮的直接生在枝条上，绿中泛黄，从根到梢儿把枝条遮得严严实实，阳光透过来显得喜气，如一条条闪光的长辫儿。

55

　　蛾子露面，如不是它转动身子，会以为是落在树冠上的一片枯叶。

　　转动身子是为了晒阳儿，其姿势很特别：一只翅膀下塌，另一只翅膀上翘，恰好形成一个宜于光照的角度；缓缓移动身子，让下塌的翅膀也逐渐翘起来接受光照；不知往复了多少个回合，后来飞起，围树绕圈；觉得力不胜任，又落下来晒阳儿。

　　另一只发现在树干，若不是知道已有蛾子面世不会注意到它，如一块灰白的菌子贴在那里。此时阳光还没有投过来，捅它一下，除了肚皮瘪了又鼓，其余毫无反应；又捅一下，肢爪动了，挪一下位置，似乎是在冥冥中完成的。想是刚出蛹，意识还没有完全清醒，待一会儿太阳照过来才能活动。

56

又发现两只飞虫。

一只是苍蝇，一见面就是挺大的个头儿，不凑巧陷入背阴处，风冷飕飕的，冻僵了手脚。用鞋尖抵一下，向前动一步；又抵，飞起一小段，由于风大，落地时趔趔趄趄，直到把头正对了风向才站稳；又抵一下，飞起来，一鼓作气落入有光照的草坪。

一只是蜜蜂，大个头儿，亮黄身子，黑色横纹，明显是家蜂。这时节也看不到什么可采的东西，出来干什么，莫不是透气放风？见到时正伏在有光投过来的树干上用肢爪刷翅膀。其实翅膀是那样娇嫩透明，根本不用刷，或许是用这种办法来适应最初的光照吧，就像我们刚进冷水游泳时先要往身上撩几把水一样，它也先往自己身上撩几把阳光。它的肢爪十分灵巧，不仅能自如地刷膀子里儿，而且能刷膀子面儿。又用前肢洗头洗脸。每洗两把便合起掌来搓一搓，好像搓热了更有宜搓洗。它的头和胸齐茬儿断开，只在中间连一根细细的轴儿。现在这根轴还很滞，像得了颈椎病似的，左转一下，右转一下。

57

实际上，早在园中见到苍蝇之前十多天就已见到它们了，是在中午阳光正好的时候，走在街头，见它们在糖槭树上吮吸泌出的甜汁。可见此时清晨与白日的温差很大，按天气预报所说，是在零下五度至零上十六度之间，即使同是早晨，日出与不出也大不一样，当太阳照耀到园中的时候，气温马上为之一变，如果细心看，会看到苍蝇从哪个地方现身，正在树干上晒阳光，接着往前走，还会看到瓢虫晒阳儿，鞘翅下面微微露出它的软翅儿。继而连人也感到了太阳的烘烤，嗅到自己衣领的布料香，而苍蝇已经试着飞起来了，再不像刚进园时可以一伸手捉到，而是一晃身子就把你甩开。

迹象表明，此时出来的昆虫不仅是已经见到的这些，还有一些我们不知道的东西结束蛰居在正午温暖的光照下活动过。不知是些什么虫子，但见一些贴在树皮皲裂处丝茧样的睡袋已经空了，一些大的蛹壳儿被胡乱丢在树窟；树枝间出现一些细丝，不注意时看不到，只有在恰当的光影中才能发现，极鲜亮，随着空气的流动，游移着一些闪亮的光点儿；被雪水润湿的洼地被横七竖八地划出许多线痕，明显是小虫子们出行时留下的。最明显的是后院芍药花畦，出现一条碳素笔芯儿粗的半地下式隧道，显然是一只甲虫所为。它没有露面，顶着地皮往前拱，掘了一段之后又复归地下。看隧道的新鲜程度大约是昨天中午前后的事，那时天气温暖，地又极湿润，就忍不住试了一下肢爪。夜来地面结霜，将隧道的形状固定，一会儿太阳上来，将很快会坍塌。

58

　　当阳光照射过来的时候，在小榆树上见到两种昆虫——瓢虫和金龟子。由于小榆树的枝条细，叶芽小，使它们看上去很显眼，像一粒粒珠子，不拘从哪个角度都可见到反光。

金龟子看似很呆，实际很有头脑，不然不会爬得那么高，一直爬到顶枝的顶端，显然是为了早一些得到光照。

当有一定热度之后，金龟子开始活动，沿着枝条搜寻，每遇一个绽开的叶苞都要停下来抚弄一番，像是吃东西；更多时候是伏在一个地方不动，尖嘴往嫩枝里叮，看得出不仅仅是在晒阳儿，也是在吮吸饮料。

瓢虫也长时间伏在某处不动，相信也是在晒阳儿兼用早餐。它们晒阳儿的方式要比金龟子略胜一筹，不但晒背部，还能倒抱枝条晒腹部，到一定时候，将鞘翅撬开一道缝儿，晒里面的软翅儿……

59

　　杏树开花，枝头热闹非凡。不知家蜂怎么这样快得到消息，千军万马、倾箱倒巢而来，每棵树上都占满了，静听之下一片嗡嗡声。

　　见到蜜蜂就想到它们吓人的螫针，实际上不用怕，它们忙得叽里咕噜的，哪有工夫搭理你，即使拿一根草枝拨弄它们也只有躲躲而已。是天气转暖后初次见到花粉吧，花粉又是那样诱人，一股甜中带酸微微发酵的香味。

　　飞起，落下，从一朵花转移到另一朵花，行动是那么灵巧、自如。转移的当儿，它们往往会把翅膀频频扑动，将自己悬浮在空中一会儿，像被一根线拎着似的，这是它们的独门绝技。苍蝇也来采粉，也很灵活，但从一朵花到另一朵花，发力很猛却收不回来，需要在空中转一个圈儿才成。苍蝇是"喷气式"，蜜蜂是"直升机"，蜜蜂采粉占便宜。

还有它们的粉篮，也一向认为是新鲜事，实际就是披挂茸毛的后肢，能将攒积来的花粉沾附在上面，形成一个粉疙瘩。现在这个疙瘩还很小，多数蜂子还没有，大约是刚尝到鲜，先满足一下口腹之快。

60

闹了两天阴云天气，把蜂子采粉的好时机夺走，现在天晴气和，它们又卷土重来，忙着把损失夺回来。

正看家蜂采粉，忽听一阵奇怪的轰鸣声由远及近而来，随之见一个黑乎乎的东西在树间飞掠而过，过一会儿又来，撞在一条树枝上，随即抱住，一看是一个大蜂子，比大拇指肚还大，浑身毛茸茸的，黑底白纹，如小熊猫一样撕扯一朵杏花。并不想吃，仿佛是被杏花的香气弄迷了心窍，只粘一下又飞向另处，离远仍能听到它轰炸机般的飞鸣声。

应该是熊蜂吧，以前见过图片，真容还是头一次见，太骇人了，看花的心情被破坏得荡然无存。

在另一棵树上又见到了熊蜂。这次是两只，一大一小，仍不采粉，只是在树间乱追乱窜。看了多时，发现它们是在追尾求爱。大的那只应是雌蜂，小的是雄蜂，在雌蜂抱着一朵杏花暂歇的当儿，雄蜂扑动翅膀悬浮其后，取一种斜身仰视的姿势，稍作期待，然后一个箭步冲上去；雌蜂不肯亲近，双双蹿向别处。

61

好多天过去，始终不见"蓝点岗儿"吃食，偶尔也有采食的迹象，是抱着树干往下瞧，然后落下，好像是啄那么一下，究竟啄什么也看不出来。也有两次仗胆进入四面无遮蔽的花畦，抱着高挑的草茎往下看一阵，突然扎下头来扑向枯叶堆，像啄到了什么，激动得浑身乱颤，走过去看也不知何物。

今晨一位年轻人进园，猫腰在一块花畦里搜寻，走过去问干什么，说是逮蜘蛛喂鸟儿，大感惊异，问这时节有蜘蛛吗，说有，把手中的塑料瓶一亮，的确有小蜘蛛在里面爬。

忽然想到"蓝点岗儿"在花畦中的形状，讲给年轻人，他说就是在逮蜘蛛。看了一阵儿年轻人逮蜘蛛，原来它们藏在枯叶堆底下，小如米粒儿，一经翻开便惊慌逃窜。这是在清晨，想中午它们势必会爬出来，那才是"蓝点岗儿"大行捕猎的时候。"蓝点岗儿"不是没吃的，是吃的时候我们没看着。

提到蜘蛛，总是让人想到盛夏，没想到这么早就出来了，想到前些日子所见游丝，甚至比这个时候还要早。这种东西即使不是最先出来，也是先批出来的生物之一。

62

　　晴好的天气里，蜘蛛们早早就到畦埂上晒阳光了，人走过来时慌慌张张蹿回枯叶堆。

　　逮蜘蛛的年轻人又来。我告诉他昨日离园前看到的一桩奇事：一个细长腰、背上有灰色条纹的蜘蛛，拖着一个不相称的圆滚滚的大肚子走路，用草枝拨弄一下，肚子掉下来，原来不是肚子是卵囊。惊恐过后调过头拼命地夺，不忍下杀手，归它去了。我说如果好奇捅开卵囊，说不定会爬出许多小蜘蛛来。这话引起了他的兴趣，一个劲儿问在哪儿发现的，说如果让他逮着就好了，可以将卵囊拿回家抚育，会得到一群小蜘蛛。问小蜘蛛能养得活吗？说能，喂肉末儿就行。一想也对，蜘蛛不是吃苍蝇嘛。他也说了他遇到的一件奇事：一只大蜘蛛领着一群小崽儿晒阳儿，见他来，慌忙把小崽们召回到自己的背上准备逃跑，让它一下子逮到许多只。

　　过来一只"蓝点岗儿"，我说这几天见到的就是它。年轻人说这鸟与它喂的红颏儿在鸟的分类上属同一科，吃软食的。看得出他对鸟儿很有研究，回来也好奇地上网浏览了一下，得知鸟的通用名该叫"红胁蓝尾鸲"，大约在四月份迁来东北，蜘蛛是它们喜欢吃的食物之一，所有情况正与眼前相符。

63

翅膀在树荫下一闪，又是一只"蓝点岗儿"。但与前期的"蓝点岗儿"不同，翅膀显长，展得开，猝然一旋有如蓝色的闪电。

不让人接近，前期的"蓝点岗儿"见了人是一棵树接一棵树往前躲，既躲闪又不远离；它不然，是三棵树五棵树地往前躲，很快杳然无踪。

前后院寻找，又发现了它，或许是第二只同样的鸟儿也未可知，藏在密扎扎灌木的根部，借树隙间的光亮得以细瞧，背部比前期"蓝点岗儿"蓝得更深，如深湛的海水；更特别的是眼部，前期"蓝点岗儿"眼周光秃秃的显得眼神发愣，而它在眼眉处多了一抹白，像涂了荧光，代替眼睛在暗中咄咄逼人。

曾有资料介绍，一些鸟的迁徙并非雌雄同行，一种先走，另一种过一段时间才跟上，这种鸟是不是这样呢。从这只鸟的形态动作看，我猜它应该是"蓝点岗儿"中的雄雀，前期所见是雌雀，它们并不相识，也不想马上亲热，那是繁殖时节的事，现在主要是熟悉环境，安下身来休整些日子，然后再赶路。

64

来了一位遛鸟人，挂到树上几个小笼，每笼一只，有"青麻料""红麻料"和"红金钟"。

"麻料"即朱雀，不知为什么分为青与红，问遛鸟师傅，说属两个种类，常栖息在一起。又问笼中的"红麻料"为什么不如以往看到的那样红，说吃食变化的关系，总之是个很复杂的问题，遛鸟师傅也说不大清。"红金钟"好看，头颈窄，紫铜般红；胸腹宽，鲜亮的黄色；昂首翘立的当儿，酷似一座金钟。

可能因为在屋里关了一冬，不怎么愿意叫，过一阵子，经不住外面景色的引诱，有两只"麻料"竟一唱一和地叫起来，这正是主人所期望的，说是练练它们的"口儿"。果然好听，声音响亮、热切、婉转动人。过一会儿"红金钟"清亮的嗓音也响起来，一时间把园子弄得十分热闹。

过了半个钟头，似乎被笼中鸟的叫声吸引，来了两只新鸟，盘旋一阵之后，落于街头大杨树。凭它们强有力的飞旋姿态，猜想非同一般，遛鸟师傅说它们是"蜡子"。

"腊子"即腊嘴鸟，在鸟市上见过，嘴粗而短，黄色，像涂了一层蜡。同"青麻料"与"红麻料"一样，它们也分"黑头蜡子"和"黑尾蜡子"。同样的鸟，同样的习性，不知为什么竟有如此区别。

65

一本介绍鸟类的小册子中说，迁徙鸟途经我国的迁徙路线大体有两条：一条是从南海登陆，向中西部飞行抵达新疆；一条从渤海登陆，向北斜飞抵达内蒙古高原和贝加尔湖。而我们这里正是它们所经过的东北地区的一个点，是一个可看到多种鸟的地方。又本市地方志载："白城地区鸟类种类与数量众多，有鸟类二百三十六种，分属十七目四十七科，占全国鸟类的百分之二十二点二，占全吉林省鸟类的百分之七十二点六二，为全省之冠"。可惜直到现在，本地区还没有一本图文并茂地介绍自己鸟类的小册子，不能不让人感到遗憾。

今晨又来两种鸟儿。一种通体青灰，越往头顶颜色越重，以至成为青黑色，总是在离地不高的地方蹿飞，飞起时两翼各有一块白斑；另一种黑头顶，中央部位有一块显明的白斑，胸脯粟红，肚囊污白，飞得也不太高，很警觉，见人就跑。两种鸟的个头儿和长相都差不多，比麻雀略大并修长些。问玩鸟师傅叫什么鸟，说一个叫"青头鬼儿"，另一个犹豫着说"花手绢儿"。

忍不住上网查询，得知他称"青头鬼儿"的通用名应是"灰头鹀"；称"花手绢儿"的通用名应是"白头鹀"。又查遛鸟师傅新近笼里叫"红金钟"的鸟儿，通用名应称"栗鹀"。赶巧了，都称"鹀"，不知鸟儿根据什么分类，但这些"鹀"在迁来时都是吃草籽儿等硬食儿的，这正是本地能充分提供的食物。

把这些鸟的通用名说给遛鸟师傅，他不以为然，我却觉得有意义，鸟这种美丽的东西，当它们跨山越水千里迢迢飞来的时候，有多少人注视它们的身影，倾听它们的歌声啊！用大家都可听懂的名字来称呼它们至少可表达此时的心情，让千里之外的人知道我们这里有如此美丽的鸟。

　　继杏花之后樱桃和"小桃红"开花。"小桃红"是蔷薇科"榆叶梅"的俗称，花儿粉里透红，浓妆艳抹；樱桃花洁白素净，清丽活泼。两种交相辉映，把园子点染得十分热闹。

人们进园都先看花，还有专门来游园的。一位年轻母亲领她的小姑娘进园，小姑娘喜欢樱桃，年轻母亲喜欢小桃红，一时不知怎么看好了；一对情侣嬉笑着用手机拍照，一会儿照花，一会儿照柳，旁边一个照相的人又随手对他们按了一下快门儿。

一位八旬老汉进园，指着盛开的花想说什么，又说不出，半天才冒出一句"开花啦！"叫人憋不住笑。过后同他唠嗑，得知他冬天得了一场大病，足足躺了好几个月，今天是第一次出门，这才感觉出那句话的分量。

67

阳光下光花一闪，是蝴蝶的影子。

翩翩这个词用在蝴蝶身上真是太恰当了，但也只有亲眼看它怎么飞才能理解这个意思。它飞得很慢，也不太高，有时候像一伸手就能够着似的，但你得不到；它们的飞行路线能在瞬间变化，这主要在于它们的翅膀，能随时向四面八方摇动，如一艘多帆的船，随时调整帆面的方向，驶向自己想要去的地方；当它离我们有一定距离的时候，我们看它的身形往往要比实际大一些，这是因为它们的翅膀把投在身上的阳光扇动起来的缘故，光团儿颤巍巍的，渐行渐远，最后成为一个水银样的东西融入空气中。

蝴蝶一出飞就应该是成虫，它们可不像熊蜂那样忙于交配，春光正好，何不欣赏一番，再说刚出飞，还不知自己身处何地，四处走走也是必要的，于是便信马由缰地飞。飞行路线多取院子围墙和栅栏，遇着特别的地方便好奇地改道前往，比如楼房，沿着窗子一扇一扇地蹿，看室内都有什么；看树趟，都是些什么树，一棵挨一棵地往前数；看花卉灌木和草地，认识一下都是些什么花；看健身场，此时人们都换上了轻便艳丽的运动服，它们绕行其间，甚至落到人的衣服上，看是什么特别的花……

68

蝴蝶的蛹要比蛾子的蛹隐蔽，在水蜡树篱边走无意碰着一个。我断定它是蝶蛹，因为凸出的头部和胸部明显是蝴蝶的模样。

折一段细枝小心触了它一下，没动，好像有一种黏合剂把它牢牢固定在枝杈上；再用力捅一下，向一侧扭了一下，是那种因受裹束而僵直地扭，到了一定程度咯噔一下固定到再也不能动的位置上。过一会儿又开始动作，一点儿一点儿回复到原来的位置。

溜达几圈又回来看，费了好大工夫才找到。这也难怪，它的外表颜色与形状与一段枯枝差不多，足以瞒得住眼尖的鸟儿。即使被鸟发现也没关系，它藏得很深，被重重叠叠枝条围护着，鸟无法进入。为了下次寻找方便，我做了标记。

过后又看了一回，这时太阳已经上来，正有一束光透过枝隙照到它小小的身子。这说明当初那条看上去似乎很蠢的蠕虫早就为自己选好了做蛹的位置，虽然待的地方很隐蔽，却始终没让自己离开阳光的抚照。

69

　　遛鸟师傅今天一见面就迎上来，迫不及待地说："麻料鸟来啦！"我也正想告诉他，刚才在别处溜达时见过一只，凭印象判断是"红麻料"。

　　过了半小时被再次证实：两只"麻料"，一红一青，在笼内"麻料"的引诱下飞临街头大杨树，继而下落到园中，一步步向笼子接近，最后那只红的竟站在笼子上面。笼子挂在樱桃树间，曙红色的胸脯在花蕾的背景下像绽开的一簇花。

　　常与玩鸟师傅通电话的另一个人也来了，两个人高兴得搓手转圈儿，议论起捕鸟的事，越唠越兴奋，说今天回去就准备网具，明天去乡下捕"麻料"。原来是这样，这时才明白他们这些天来是在把笼中的鸟儿当捕鸟的"诱子"训练。

　　他们又唠起怎样跟乡下亲戚联系，怎样在那里捕鸟，玩麻将、炖大鹅、喝烧酒；遇着当地人举报或被林管人员发现怎么应对……听得人心里直往下沉，多么奢侈恶作的享受，又有一批美丽的鸟儿要遭殃了。

70

有什么能比一只麻雀口叼草茎儿更能让人心头柔软呢？它们开始装修自己的家了。做窝期已经过去很长时间，现在才来装修，是不是考虑生儿育女的事了？

事情的重大让它们一反常态，叼草回来警惕非常，绝不让人看出哪儿是它们的窝。前楼后檐有两只麻雀，叼草归来发现了我，本想进窝，改落到瓦坡上。我停下来瞅它们，它们也瞅我；看我不走，一只飞离；另一只仍站在原处，佯装无事，把草茎放下，捡起，再放下，一不小心被风吹走。

另一只麻雀叼草归来发现了我，同样改落到楼檐，不一会儿，又有一只飞来，看情形是它"那口子"，直奔它而来，见我在下面瞅，折身落到稍远一点儿的檐下。两口子都等我离开，让我感到不好意思，退到身后的树下，以为这样它们会安心进窝，但它们还是没有行动，似乎已经盯准了我。过了一会儿，眼前的一只突然改变主意，直飞到我头顶树上，让我大感意外，我猜这是一个计策，是想引开我的注意。我佯装看它，把余光瞄着远处檐下的那只，果然，那只以极快的速度，沿着檐下阴影蹿进它们的窝。

后道厦螺栓孔洞做窝的那对麻雀干脆把叼草进窝前的警戒作为一种常态。谁先回来必先落在对面的树上，给另一只打眼儿放哨。由于人们进进出出，它们营巢的速度极其缓慢。

71

不是所有的草茎都能将就，用什么不用什么麻雀有自己的眼光。

后院水蜡树篱小园内由于没人踩踏，枯草保留得特别好。即便如此，它们也没完没了地挑选。寻找材料与平素采食明显有别，不是一味地向地面啄，而是扬头四顾，双脚齐蹦，急匆匆又兴冲冲的样子。

一只麻雀看中了一个材料，是一枚虽枯干但新鲜完整的草枝，同多枚草枝连着根，就拔，说啥也拔不出来，只得放弃。去周围走了几圈，还是觉得这枚草枝好，又回来找，又拔。这样几次三番之后，终于用平生力气把它连同所有草枝都拔下来了，由于拔的时候是身子向后坐，用力太猛，把自己闪了一个腙墩儿。

塑料品受到普遍欢迎。一只麻雀捡到一团塑料丝，所有麻雀都围观过来，看着眼热，惹得拾主赶紧带走。另一只捡到一根塑料绳，旁边的麻雀干脆来抢，拾主叼着绳子飞起，长长的绳子在空中闪光，引起院内所有麻雀来围追堵截，能抢的抢，不能抢的起哄，闹嚷声把院内所有人都惊动了。它们在空中兜了若干圈，最后还是被拾主带回自己的窝。由于塑料绳太长，只进去一半，另一半留在外面，被风呼啦啦刮起像一面旗幌儿……

72

两只喜鹊一前一后地从北郊菜园飞来，像在空气中游泳似的，尾巴如细棒一样将身子压得稳稳地，两翼扇成一个圆轮儿；晨光勾勒出它们清晰的轮廓，甚至见到口中叼着的干枝，它们开始筑巢了。

巢址选在电信塔顶端、为检修设备而建的一个操作平台上，距地面约四十多米，相当于两棵大杨树那么高，站在平台可鸟瞰全市风景，也无被人打扰之虞，优哉游哉，不失为一个好地方。

遇到一个不曾想到的问题：平台是由圆钢和角钢构成，冷冰冰，滑溜溜，与干枝一点儿也不亲和，它们把干枝放下拿起，拿起放下，不知往哪儿撂好；由于塔高，始终在微微晃动，有风晃动更大，干枝放不牢靠，好不容易安置到一个地方，待下趟回来看，已掉落地面；也不敢下来取，又飞回北郊继续叼。

可能实在感到可惜，一只喜鹊在干枝掉落的一刹那扎下身子来追，如果没有特殊情况，它一会定冲到干枝下面，回身将干枝轻轻托起，就像老鹰逮小鸟那样，先用翅膀将鸟打昏，使之失重下坠，然后飞到下面回身将鸟托起一样，不巧正赶上我在塔下卖呆儿，便折身返回，让人失去了一次看特技表演的机会。

73

门卫师傅曾说"榆树结钱儿的时候会有黄雀来，它们爱吃榆钱儿"今晨果然来了两只黄雀，落在樟子松上，对榆树钱儿献赞美词。声音极好听，兼具云雀的清亮和燕子的呢喃，嘀里嘟噜一阵之后，会出现一组"吱、吱、吱、喇吱——"声，像放大了的蚂蚱振股，又像远村的母鸡闹蛋。同时小巧娇黄的身子随着声音乱颤。

榆树钱儿也真负得起这样的赞誉：鲜亮，水灵，嘀里嘟噜挤满树冠，同前期的花比更像花。此前有人撸榆树钱儿吃也跟着尝了两个，先脆后滑，甜滋滋的，口感相当不错，相信黄雀喜欢它完全有道理。

盼着黄雀下来，始终没敢，末了从街头传来一声轰响，把它们吓跑了。

响声是结婚人家放的礼炮，一种燃放气体的小钢炮似的时髦玩意儿，当街一炸，像楼房塌了似的，不要说鸟儿，人也会被吓一跳。

74

　　不认识任何鸟也不会不认识戴胜鸟，因为它有一个独特而漂亮的羽冠。也许对这个羽冠的概念太深了，以至于今天见到它时不敢确认，想不到它跑进市区来固然是一个原因，更重要的是没见到羽冠，代替羽冠的是一个犄角样的东西，与嘴等长，在头的前后两侧呈对拔拉长之势。这时它正抱着树干探身寻食，那样子冷不丁一见让我想到啄木鸟，可哪有带犄角的啄木鸟呢，直到它离去将翅膀一振，同时将犄角炸撒开、现出它独特的羽冠时，才看出这的确是一只戴胜鸟。

　　一个极简单的事实：有羽冠的鸟并不全都始终张开它们的羽冠的，张与不张有它自己的缘由。就像这只戴胜鸟，虽然我们不知具体为什么，但张开前肯定先存在一个情绪或思想上的波动。

　　现在我想起来，另一种鸟早就证明了这一点：它叫"春暖儿"，通用名应称"黄喉鹀"，在鸟市上偶见，被滥捕鸟类的人蒙在笼子里偷偷出售；都是雄雀，样子也看不出怎样，脸面与"叽叽鬼儿"差不多，也是京剧里那样的"二花脸"，不过是黑与黄相间，喉部也是黄的，脑瓜儿浑圆……后来在郊区树林里见到时就不一样了，头顶有一撮漂亮的缨儿。这便是它的羽冠，其实原来就有，只是没有张开，现在张开是因为正与一只雌雀谈恋爱，极其亢奋，缨儿一抖一抖的，唱着动人的歌。

75

　　蚂蚁已经打开房门。早晨来看不到它们的影子，只能看到它们拱出的土，粒儿极细，极新，在洞口围成一个小小的环形，大小如一枚枚硬币。太阳高照时出来了，是些个头儿小的黑蚂蚁，看得出一冬在洞内保养得很好，样子新鲜油亮，乍见太阳眼睛还不敢睁开，在洞口迟缓地蠕动。

　　另一种蚂蚁是较大个头儿的红蚂蚁，似乎比小黑蚂蚁出来得早，只是我们没注意到罢了，它们似乎没有洞，常常从干裂的地缝里出来，匆匆忙忙地走路。左滑一下，右滑一下，然后打一个沉儿，像思索下一步该到哪儿去；见到什么都触碰一下，多是颗粒儿和残梗一类的东西，可能是风干的虫子；最喜欢在侧柏下活动，排成长长的队伍去树中吮吸鳞状叶上分泌的树脂。

　　还有一种是大个头的黑蚂蚁，大到红蚂蚁的五六倍，可称得上是蚂蚁中的"巨无霸"。红蚂蚁本来厉害，见了它们也要退避三舍；似乎是因为没有对手，它们的行动孤傲而迟缓。

　　又一次把眼盯向地面，看还有什么东西出来，结果就见一只甲虫活动起来，吓人一跳，以为是幻觉，仔细打量的确是一个活物，土粒大小，也土粒般颜色，分不出头胸，看不见手足，就那么很有主意地向前走，像做一件计划好的事情。叫人奇怪的不是小虫本身，而是它出现的方式，好像原先根本没有，只是为了迎合我的想法才出现的，并告诉人在这个季节里，无论你怎样想象也不为过。

76

本地气候有一样不好，一到春天就起风沙，往往一刮三天，弄得昏天黑地，让人一点儿心思都没有。

今晨风住，出门一看，街头大杨树全都绽开了花后的叶子。两位老者正仰头观看，并大声发表他们的见解，其中一位说多亏了这场风，不然，树叶儿裹得那么紧，粘得那么黏，没有风吹沙打能开吗？话说得偏激些，但也不无道理。

杨树的幼叶儿真好看，有的青翠，有的绛紫，皆涂了一层蜡似的，在静谧晨光的抚照下，如幸福的新生儿。

这时的阳光也格外好，给人一种质量感，不拘涂在哪里都觉得有一定厚度，且带有玫瑰样的色彩。

园内楼前脸的地锦也绽出了最初的叶儿，也是黄的绿的紫的都有，也像涂了一层蜡，经晨光一照，如镶在墙面上的翡翠玛瑙。

77

昨天杨树放叶，今天即有一种小鸟儿莅临，速度之快，好像不是千里迢迢迁徙而是随杨树叶子长出来似的。

这是本地人熟知的一种鸟儿，称"瞎米叶子"，名字怪异。本地人把发育不好或得了乌穗病的高粱、玉米幼穗称为"瞎米"，紧贴"瞎米"的叶子也萎缩得很小，小鸟儿是不是因与这样的叶子相似而得名呢。这里含有轻蔑的意思，但依我看，鸟中最好看、最可人的莫过于它们了：标准的纺锤形身子，从脑门到后背，从下颌到胸腹，过渡得那么流畅、自然、饱满，没有一点儿滞碍的地方，尤其是扬头翘尾往上瞧和抻脖往下看的时候最好看；小眼睛活泼锃亮，镶嵌在修长的黑色贯眼线及其上下同样修长的淡黄色眉纹中，叫声也好听，虽然也是"嗞——嗞"的，但声音会拐弯儿，先是轻声起，忽然高挑拉长，最后稍降落一点儿收尾，音量和音高呈一抛物线型。

有人又称它们为"树蹿儿"，比较贴谱儿，的确是不断地从一棵树蹿向另一棵树，从不落地。但我知道书中给它取了一个更好的名字——"柳莺"，这是一个能与所有人沟通的名字，多少异国他乡的诗人用这个名字赞美过它呀，那时我们何曾想到它就是我们所说的"瞎米叶子"，现在总算把它们联系在一起了。

78

　　小柳莺活泼好动，来到之后始终不见消停，哪怕是站在枝头也不停地转身子，抖尾巴；由于身子轻，能抓住新抽发的最嫩的枝叶打提溜儿；采食的当儿，闪转腾挪无所不能，可以垂直向上蹿，也可垂直向下扎，眨眼之间能划一个直径不到一米的小圈儿；必要的时候还可以像蜜蜂那样抖动翅膀把自己悬浮在空中；在密密的枝条间任意穿行，速度之快令人眼花缭乱，一点儿刮不着枝条。

　　一只柳莺飞起时，你永远也判定不了它会落到哪儿，它的想法太活了，而它的身子和小小的翅膀足可满足它的愿望。由于想法多，它飞起来时总是忽左忽右、忽上忽下，现出一条波浪线，一旦确定目标又像离弦之箭，一发中的。

　　离远看，在树冠边缘徘徊环绕的时候，像蝴蝶一样翻飞。

79

　　看不清柳莺吃什么，柳树中肯定有它们喜欢的虫子，只是我们看不见；有时也悬浮着身子往花卉树尖上够，近前看时，是在那里搜捕正在吮吸甜汁的蚂蚁，也不时撸嫩叶儿尝鲜。

　　大杨树上有一种虫子可能也是它们采食的对象。这种虫子很怪，落到地面冷丁一看是一枚青椒籽儿，会无缘无故地自己翻身，甚至蹦跳起来。细看是一个白色的半透明的囊，囊中充满液体，中间有一个小蠕虫，当小虫把身子一躬，将液体压缩到一侧时，囊就翻身或蹦跳起来。当这些东西从树上大量飘落在地，就像热锅里的芝麻一样爆跳。

80

　　燕子翩翩而至，是门卫师傅吸引来的。他说他出来倒水，发现燕子在积水处衔泥，便每天给它们倒点儿，也就可以每天逗燕子来。又说有一对燕子的巢就在他下班路过的商铺门前，修补窝口的泥就是从这儿衔过去的。

　　特意去商铺看了一眼，果然有新补的燕巢，建在雨搭下面，人一跳高就可够得着。问店主这巢安全吗，店主说去年就建在这儿了，还孵了崽儿，顾客们出出进进，没有一人捅它们。

　　似乎因为有人问到这件事，店主很高兴，话很多，看得出因为燕子在他的商铺做窝让他很有面子。

81

　　云杉树的芽苞原胀到小手指肚大，只剩最后一层薄皮儿包裹着它们，薄皮儿呈米黄色，在太阳的映照下如燃亮千万盏小黄灯。现在薄皮破裂，现出绛紫色的球。又嫩又脆，一捏稀碎，充满浆汁。这些东西该是与繁殖有关的所谓球果吧，一朝出现，如有一架变光器，将原先的千万盏小黄灯变成千万盏小红灯。

　　亮红灯的都是成龄云杉，幼杉则不然，它们原先也亮着小黄灯，但现在薄皮挣破亮起的是小绿灯，这是它们的幼叶，更准确地说是它们的幼枝，包含了长大后所有的针叶。这些幼枝十分鲜亮，与内层枝叶形成明显对比：托举叶团儿的是去年的枝叶，翠绿；往里是前年的枝叶，苍绿；再往里是更早的枝叶，墨绿；越往深处越黑，一直黑到无底。这样一棵树立在阳光下，真叫人无法形容。要知道绿色有多丰繁，多美丽，就请看这些年幼的云杉树吧！

82

　　如果说前期京桃开花是为花事做宣传、打广告、开个场子，那么现在主角出场了，是丁香。它们早就在酝酿自己的花穗儿，只是蓄势不发，现在一旦开放，便喷发出大量的紫光和香味儿。走进院子里的人连呼哪来这么大的香味儿，还不知是丁香发出来的。

每个进园的人都要到丁香花前站一站，闻一闻，但不能多停留，香气太浓烈了，呛人；平时进园把自己抹得香气袭人的老大姐们被比下去，连蝴蝶也不敢在花上多待，只在香气散发的空间内活动，摇动着翅膀，一副醉醺醺的样子。

　　熊蜂例外，不知是嗅觉迟钝，还是耐得住呛，时不时飞来。细看之下，它们似乎具备独特的采粉本领，丁香的个体花儿极小，又将花蕊深藏不露，一般蜂子的采粉肢爪根本派不上用场，熊蜂不然，它有很长的口器，可直插到花筒里吮吸东西。能采也不认真，毛手毛脚沾两朵又嗡嗡飞走。

83

　　一位朋友一反走圈儿常态，站在云杉的阴影里，眼睛圆睁、胸脯起伏，大口大口地吸气。路过时向我招手，让我也站过去。以为练什么功，实际是吸树下云杉果球的香气。跟他吸了一会儿，好是好，湿乎乎的牛奶加松子的香味，但不能不退出，气味儿太浓了，呛得人受不了。

　　这是在几棵最高大的云杉树下，它们结的果球也最多，由于不太通风，气味全聚在一起，不进去也会感到香气袭人。由于果球饱吸水分，使整棵树增重不下数百斤，沉重的负担把树都压变了形，原先的枝柯都是斜竖向上，现在被压平，甚至垮塌下来，各个如挺着大肚子的孕妇，走过时不能不让人提着一份小心。

84

　　麻雀发情，满院子都是它们亢奋的叫声和成双成对的身影。

　　雄雀一改原来的粗野强横，变得柔情似水，企图通过纯用情感来打动对方，方式是唱情歌，用一种特别修饰的、连自己也不知怎么叫才好的声音呼叫，一声接一声，愈来愈快，愈来愈热切，有时被雌雀甩开也不追赶，仍想通过声音把它勾回，声音充满了倾慕、渴望，甚至可怜。

　　看似一前一后地寻食，其实心都不在食上。雌雀左一下右一下地瞎啄，雄雀连啄也不啄，就那么跟在屁股后头走，不时绕到雌雀头前，抻着脖子，把热气喷在雌雀的脸上，问雌雀怎么样，有什么需要效劳的没有，一心讨雌雀的欢喜。

　　雌雀飞上电线，雄雀也跟着飞上电线，一点儿一点儿往雌雀身边凑，已经凑得不能再近了，仍往身上挤。雌雀退一步它挤一步，挤到无可再挤，便从雌雀身上跃过，回头再挤；雌雀嗔怪"好烦噢！"但也不飞。

　　有时双双进入樟子松，依偎在一起，在浓密枝叶的遮蔽下发出缠绵缱绻声，如梦如幻，摇曳到很深很远的地方去……

85

　　麻雀们时不时爆发出一场追逐：前面一只是被追赶着的，慌乱中它随机取路，把身子一折就来个九十度的急转弯，后面有灵巧的跟着转，转不及的就被甩出去，折过头来再追；前面那只在空中翻一个跟头，后面的也跟着翻，所有麻雀都进入一个旋转的圈儿，最后沿切线方向飞出；前面那只又左拐右拐呈波浪形飞，后面的也跟着左拐右拐呈波浪形追，很多波浪线搅在一起，拧成一条又黑又粗的大辫子。

　　什么障碍都不顾了，打太极拳的，跑步散步的，全不放在眼里，几乎撞到人们的鼻子尖；又懵头懵脑地蹿向树，把枝条撞得乱摇乱摆……

86

　　"二花脸"的求偶期也到了，时不时来园子谈情说爱。叫声一改原来"吱——吱——"的单调，变得极为动人。其中有一组声音确与它们的俗名相似，叫起来声似"唧——唧——鬼儿——"，不由想到它们名字的来源，或许更有可能与此有关。但这是恋爱时才能发出的声音，让我听起来是一种亲切的呼叫：声似"琪——琪——格——"，一个女孩的名字。

　　新来的一种鸟也在院子里唱情歌，歌声婉转缠绵，絮絮不绝，极似云雀的叫声，只是音量小些。得机会近瞧，身体小巧，羽毛褐色，眼睛上下各有一道白纹，括号似的对应着，脸颊微微泛红。上网查询，应叫"田鹨"，又名"红脸鹨"。门卫师傅把它叫"苏勒儿"，巧了，云雀在本地的俗名是"鄂勒儿"，都有"勒儿"，而且都是打着嘟噜儿叫。本地原是蒙古族地区，大约应是蒙古族叫法，意思上似乎有关联。

87

刺梅、锦鸡儿开花。

刺梅同丁香是园中数量最多的花卉灌木，花下有很厉害的尖刺，花却十分娇嫩，缀满树冠，光艳照人。花儿一开，引来大量家蜂在花杯中畅饮。

锦鸡儿花酷似菜豆花，小巧可人。家蜂也来采粉，但施展不开，熊蜂倒是得心应手，原因在于锦鸡儿花的结构，花瓣儿偏向一侧，花蕊偏向另一侧，仍由内层花瓣式的东西包裹着，家蜂插不进手脚，熊蜂的长吻却能钻进去。我怀疑是在吮吸子房里的东西，掰开两朵花的子房尝尝，很甜。

只要到锦鸡儿树来，就能看到熊蜂，有时能看到两三个，它们对此花情有独钟。

88

　　云杉的球果由球形渐变成卵形，且失去水分，变成海绵状的东西。抚弄一下发现从中冒出一股粉尘来，类似大豆粉。这就是所谓花药吧，散发这种花药的无疑是雄球果。雌球果呢？找了半天，才在树冠的顶部发现几颗异样的东西，蚕蛹状，绿中泛红，在阳光下发亮，大概就是雌球果了。

　　令人惊奇的是雄球果散发的花药，那么多，弹一下冒一股烟，再弹一下又冒一股烟，源源不断；拨弄一下枝条冒出的烟更多。不知底细的人见了一定会大吃一惊，惊呼"云杉着火啦！"

89

　　不意向樟子松瞥一眼，吓了一跳，树上各个生长点蹿出的幼枝已达二寸多长，支支上竖；晨光照在这些幼枝上有如燃起千万支蜡烛。再看整趟树，也都是如此，不由大为震撼，觉得如临一场庄严神圣的仪式。

这是五月之初，园中生命最旺盛的时刻，鸟在欢唱，草在盛长，丁香花方兴未艾，刺玫、锦鸡儿又开得如火如荼，还有五角枫、绣线菊也开始开花，空气中弥漫着花粉的香气……最有气势的是柳树，花后放叶，在院西立起一道绿色天幕……还有更多，一时不知怎么说好，蜡烛一点，头绪就出来了，所有的美丽、欢乐都被它说出，所有的追求、愿望都凝结在它的烛光里了！

90

一只雄麻雀激动得翅膀和尾巴僵直，一个劲儿围着雌雀转，不断伏身仰视，现出乞求的样子。

雌雀对此不屑一顾，高傲地随着大帮麻雀往前走，一直走进新翻起并打了垄的花地；雄雀一路纠缠着跟上来，涎着脸非要雌雀停下，要对她表达点儿什么；雌雀毫不理睬，抹身又走，雄雀又跟，围着雌雀一圈一圈地打转……这时，雌雀就像昔时农家场院里牵牲口拖碌碡的打场人，用一股无形的缰绳牵着雄雀；雄雀就像牲口，一圈一圈地围着雌雀转；雌雀还用嘴不时地啄雄雀，雄雀一边躲一边继续转，嬉皮笑脸的，甘受其辱。

就这样，连走带转一直折腾出二三十米，最后消逝在大帮麻雀中。

91

麻雀们的追逐更多表现在雄雌之间。雌雀在前面飞,雄雀在后面追。追逐的时间往往很长。有时从前楼追起,绕着楼顶转圈儿,又追到后楼;一会儿又回到原地,若无其事地并立檐头。

有时雄雀表现得很急切,陡然加速,用难以看清的动作将自己箭一样射向雌雀。雌雀一躲,闪了它一个跟头,爬起来继续追。

有一只雄雀甚至撞晕过去。是一位打太极拳的朋友告诉我的,他说一对儿麻雀一前一后从他耳畔冲过,前面的在窗子处突然拐弯,后面的刹车不及,还可能认为玻璃窗是可以通过的空间,就一头撞上,当即摔倒在窗台晕死过去,待他赶过去看,又醒过来一骨碌飞走。

这位朋友拳打得特别好,总是一个人在一个僻静处打。太极拳讲究不能断意,所以不轻易与人搭话,更不轻易中途停下,这次一定是很惊愕,憋不住了才对我说的,说时神情诡谲,露出嘴里一颗亮晶晶的金牙。

92

樟子松也开始"冒烟",至此对这种树才有了一点儿切实的了解。

此前,我常按玉米的繁殖来看樟子松,认为樟子松每个生长点上窜出的幼枝相当于玉米顶端的"缨儿",上面因挣破鳞皮而现出的丝丝缕缕的东西是它的花粉,落在下面新长出的玉米粒样的东西上会坐果儿。后来,见玉米粒样的东西渐渐长大,成为"紫灯",继而成为海绵样东西,现在又"冒烟",才知先前的想法完全错了,这"冒烟"的东西是树的雄球果。

那么雌球果在哪里呢,仔细察看,幼枝的顶端多出点儿东西,是一两个绿中泛红的小疙瘩,不知何时长出,现在已有豆粒大了,难道这新枝上面还要再长新枝吗?沿着新枝往下瞧,在它的底部,即去年新枝的顶部,存有一两个小菠萝模样的东西,无疑是这树的果儿。事情很明白,今年幼枝上新长出的小疙瘩即是树的雌球果,将来成为松果的东西。

同时也看出,这树的果实并不在当年成熟,去年留下的"小菠萝"现在比拇指肚大不了多少，要长成落地松塔那么大头儿至少要等到今年老秋。

又想到"松花江"这个名字，江水是从大兴安岭和长白山发源的，当此时节，沿江两岸的松、杉一定随风散发出大量花药，落入江中浮现黄澄澄的一层，这也许就是当初人们给它取名的原因吧。

93

柳莺的叫声变样，原来只是单一的"嗞——嗞"声，现在很多时候把它拉长，断开，变成三音一组的句子，听起来像是"柳——镯——子"，"柳"字轻起，"镯"字高挑，拉长，"子"字收束斩截。像在谈婚论嫁。

还有另外一种声音，高亢、嘹亮，音节十分复杂，会持续打嘟噜儿，叫到兴奋处会发出急切的"驾、驾"或"驾哦——驾哦"声，让人想到早年农村车老板载粪肥路过返浆地。那正是当下时节，地下水返润，在看似硬板的地面下形成很厚的泥浆，车走慢了非陷进去不可，车老板就紧甩鞭子催促牲口，发出这种急切的驾驭声。

我猜是小柳莺谈情说爱的时节到来了，"柳镯子"声来自雌莺，"车老板"声来自雄莺。雄莺通常只有一两只，雌莺差不多每天有十多只。

"车老板"极机灵，不让人接近，一发现人影就藏匿起来，过一会儿在远处又叫。

94

得机会见到一只雄柳莺，看不出它与雌柳莺有多大差别，只是颜色重一些，举止猛一些。见到时它正守在三只"柳镯子"身边唱它的情歌，见我来飞走。我躲开后又飞回，又被一辆路过的摩托车吓跑。之后又回来，越叫越欢，距一只"柳镯子"十来米远时一个箭步冲上去，被"柳镯子"灵巧地甩开，随即飞得无影无踪。

另外又见到一对儿，相信雄雀就是先前那只，雌雀可能是另外一只，从我身后追逐过来。雌雀迅速钻入我面前一棵云杉树，雄雀见我在，一个急刹车，停在旁边的柳树上。就这样，我夹在两只鸟中间，谁也不动了。

我猜雌雀是想借助我的力量气雄雀一下，雄雀呢，则一定恨死我了，这种事情谁能管明白，僵持了一会儿，离开。

95

闹一阵天气，雨没下几滴，风倒刮得挺凶，麻雀们迅速进窝，柳莺也藏进树里，但没藏住，同落叶一起被风吹出，挣扎了好一阵子才面对风向稳住身子。

乔师傅说他早先看到的一幕，也是这样的大风，他顶风往家跑，小柳莺也与他同一方向飞，见小柳莺飞得十分艰难，一伸手几乎能把它们抓着。

这不能全怪小柳莺，风实在太大了，过一会儿风把乌云攒积过来时又看到一只大鸟的影子，一会儿在翻滚的云头中露出头颈，一会儿露出翅膀，看样子是只水鸟。本地荒泡野沼不少，但离市区最近的也有数十里，想必暴风来袭时它们被裹入，随云团来到市区上空。看情形它已经完全不能自持，不知自己身居何处，也不知是否能从这种险境中解脱出来。

96

苦荬菜开花。

苦荬菜喜欢聚堆生长，一堆数棵，各伸出几枚又细又高的茎，茎上各结几个花蕾，虽然花期只有三两天，但接续的快，每天每棵都有新花开，淡黄浅紫两种，手指甲大小，此时开得极盛，一片一片的，蔚为壮观。

这种花夜来是合上的，得到光照后才打开。由于早晨的阳光是一步一步漫过来的，它们的花也就一步一步绽开，像一只魔手，抚过之后变出新花样。

一阵风吹来，花儿激动地颤抖，让我想到印度诗人泰戈尔的一首诗，他把这样的花儿比喻成小孩子，原在地下的学校里上学，关门做功课，现在放假了一齐跑出来欢蹦乱跳。小孩子一定喜欢这样的花儿吧，哪天孙女放假应领她出来玩一趟。

97

 苦荬菜一开花，就有蜂子来采粉，是一种极小的蜂子，腹部黑亮有白色横纹，与花儿个头儿正相宜。采得极认真，花蕊虽寥寥数根，也要反复转圈儿，力搜刮殆尽；按顺序采，一朵接一朵，朵朵不丢，不但花朵稀疏的地方如此，即使很稠密、已经蔚然一片的地方也这样；前面有蜂子采过，后面又有蜂子跟上来，看上去没啥可采，也仍有所获，正应了那句老话："鱼过千重网，网网都有鱼"。

 偶尔也有家蜂来，在花头上扫一下便走。它们的个头儿太大，身子太重，细细的茎儿经不住重压，被弄得低头弯腰。离远看不到蜂子时，只要看到有花低头弯腰，就知道家蜂在那儿采粉。

 一种小如指甲的蝴蝶也来光顾苦荬菜花，用它们收卷自如的吸管吸食花蜜。吸食时是停在花上不动的，就像这里又开了一朵花，有时连蜂子都判断失误，一脚踩上的当儿双方都吓一跳。

 还有大蝴蝶也偶然来，因为身子沉，随着花朵跌落在地，仍抱着花朵死死不放。

98

　　"婆婆丁"与"苦荬菜"同时开花，它们数量少，花朵大，娇黄娇黄的，十分喜人。

　　这时才看到它那箭镞似的叶子的用途，它们向四面散射，推拒周围的草，撑成一个碗形的窝儿，呵护中间长茎上的花。有的

花为一朵，挺拔俏丽；有的为两朵，像一对恋人，在独属自己的小天地里憧憬未来。

　　小心地摘下一朵儿，用纸包好揣进兜，准备送给孙女儿。过一会儿忍不住拿出来看，惊异地发现花瓣里爬出一个针鼻大的闪着黑蓝荧光的甲虫。接着又一个，好像在憋闷中突然透过气来，不大一会儿竟接连爬出六七只！一惊不小，一朵小花里尚且有这么多小生命，那么草坪里呢，花畦里呢，灌木里呢，大树里呢，越想越觉得这个世界大得了不得。

99

　　每天都有人挖蒲公英，过路人也喜欢驻足观看，搭起话来，说蒲公英真是个好玩意儿，又尝鲜又去火。暗想一把苦森森的东西有那么大好处？倒是挖菜的人，拎个兜，提个铲，在温暖的日光下搜寻的样子挺好看，也让人想起田野中的春天。

　　这时候，农村该种地了吧，人们翻地，打垄，把种子撒下地；水田也灌足了水，待太阳晒一阵子后插秧；地垄收拾一净，规整如绣花，唯有边边缘缘露出野草的绿，如镶嵌上似的；草甸子上，羊群急匆匆地向前赶路，闻到了草香却吃不到嘴；村子里杨柳绿了，沙果树、山丁树花开了，房舍掩映在树木之中……这一切离远是看不真切的，因为地气蒸腾，把它们弄模糊了，人和作业的机车仿佛都在没踝深的水里活动；地平线变幻着遥景，蚕翼一样薄，琴弦一样颤……

　　咳，什么时候抽空去挖一趟野菜呢？

100

我猜有的麻雀已经产卵了。

引起这种猜想的是它们由双双漫游变为空前恋窝，全都在离窝最近的树上或某处活动，时不时回窝看看，像有什么放心不下的事。有时双双回来，双双进窝，干什么去？是不是欣赏和爱抚它们的卵？

有时也叼回一些柔软的茸毛，想必有临时的用场，这跟筑巢时叼草不一样，巢筑得舒适不等于产床舒适，大小啦，软硬啦，可能还要调整填充一下。

叫声也非同一般，透着极大的兴奋。让我想到昔日自家养鸡时情景，母鸡产了蛋公鸡会"咯哒咯哒"地到处宣扬，巴不得让全世界都知道。眼前的麻雀大概就是这样，看上去有点儿炫耀，但可理解，这是一件大事啊！

101

　　五角枫又称五角槭，是本地的特色灌木，与糖槭同科，样子却大相径庭，叶呈五角，花小娇黄，花序呈倒伞形，到深秋时叶子一片绛红，在阳光照耀下十分好看。本市以西一百公里处的科尔沁右翼中旗有大面积野生，是国庆节期间人们游玩赏花的好去处。

　　正看花，刘老师过来问我是不是在看马蜂窝？听了不解，刘老师说我仰头面对的就是。看去，是被我忽视的一个东西，实际开春以来屡屡见到，一直以为是去年秋天谁抠掉了葵花籽后插在树枝上的一个空花盘，刘老师说它就是马蜂窝。细看，的确与葵花头不同，葵花头的瓜子空窝儿是菱形，而它是正六边形；背面也看不到葵花头折下来的断茬儿，而是以我们难以理解的方式天衣无缝地黏合在树枝上。以前见过马蜂，通用名应为胡蜂，这个园子里也有，挺大的个头儿，长身腰，早早地出来，拖着僵硬的身子向寒冷挑战。它们的窝以前所见都是挺大的一团，像现在这样精制的还是头一回见，不禁为马蜂高超的建筑技艺赞叹。

刘老师说这窝是马蜂用拣来的废纸化成纸浆制造，另一部分是来自植物纤维，是将纤维嚼碎了又掺和自身分泌的黏合剂而成。我又细细打量，巢的背面是厚厚的衬托部分，做起来似乎可以理解，往上堆积就是了；正面呢，正六边形的蜂窝四壁薄得像纸一般，裁下来拼接在一起就是一张纸。太神了，都说蔡伦造纸，其实最早发明造纸的技师在这里！

102

芍药长到没膝高，结出花蕾，小棉桃似的，并泌出大颗大颗的汁液，透明，抹一点儿尝在嘴里糖浆一样甜，引来无数昆虫吮吸。

最先来的是苍蝇，各类苍蝇都有，以丽蝇为多。接着是瓢虫，除原先见过的橘黄底缀黑点的之外，又多了橘红底缀黑点和个头儿极小的黑底缀白点的。此外还有许多不知名的蠓虫"小咬儿"，还有一种挺大个头儿像苍蝇的，怀疑是"瞎蠓"，眼大没神。

蚂蚁来得最晚，横冲直撞，得的实惠最多。其中"巨无霸"大黑蚂蚁还霸食，见着苍蝇就撵。苍蝇怕它，只要被触着一点儿，就像遭电击似地往后缩或逃跑。但它们灵巧，跃起复又落下，抽冷子一口口"偷嘴"，气得大黑蚂蚁围着花蕾团团转，左扑一下，右扑一下，苍蝇已经被撵走了还一个劲儿地转，把自己都转蒙了。苍蝇说不定在什么时候就来，他们的数量太多，这个被驱走了那个来，谁也没故意和大黑蚂蚁过不去，但在客观效果上有"前仆后继"的效果，所以无论大黑蚂蚁怎样气脑，怎样驱赶，也无济于事。大黑蚂蚁只顾霸食撵人了，自己反倒没吃着几口。

103

苍蝇种类日见其多，清晨伏在墙面晒阳儿时，简直像开一个苍蝇博览会：

一种是我们常见的家蝇，以"家"称之是因为它们常上我们的饭桌上讨食吧，但这不是它们的本意，它们的家原在草丛，这里的苍蝇没有一点儿烟火气和猥琐气。

一种是背部和腹部像镀了铜一样有光泽的苍蝇，是不是应该叫丽蝇？其一呈紫铜色，其一呈铜绿色，从不同方向看颜色不尽相同，一动不动，像镶嵌在墙上的金豆子。不知"紫铜"和"铜绿"是什么系，常混处在一起，甚至头碰头，很亲昵的样子。

一种是麻蝇，身子修长，带淡蓝色条纹，娴雅无心机，给人一种清新、大方、爽朗的感觉。

还有一种说不出名目，个头儿大得吓人，浑身黑得像涂了炭粉似的，谁也不敢碰它一下，它也不欺负别人，看上去又蛮又笨。

大约晒上半个钟头，各干各的事去了。

104

苍蝇"博览会"会场之外还有几种蝇类：

一种是身材苗条，颜色漆黑，肩披长翅的，一出来就成群结队地在空中交配、追逐、缭绕，划出缭乱的光线。有时双双跌落，仍不放手，其中一种个头儿大的较主动，能拖着个头儿小的走，力量充足时能带着个头儿小的飞起。我猜它是雄虫，判断它是雄虫还有一个标志——颈项处镶一枚溜圆璀璨的红宝石。这种飞虫大约应称"舞蝇"吧。

一种是极小个头儿的苍蝇，见到时总是在飞，从无停下来的时候；常在树下活动，像蜜蜂那样频扑翅膀把自己悬浮空中，围着透过树隙射过来的光线取乐儿。它们从不拿飞行当回事儿，凭空浮动就等于苍蝇伏墙晒阳儿了。有时似在盯看某个东西，继而往前蹿，忽然一闪身又不见了，之后又在当初悬浮的地点出现。初以为这是另一只，实际上还是原来那一只，因为目光被甩开后回眸等待，当初悬浮处肯定又会出现它的身影。如此反复无穷，像冲浪吸食空气中的什么东西，让人觉得单是这样吸食就足以让它们饱腹。

一种个头儿更小，小到几乎能从针眼里钻过去。滞留在垃圾桶中的果皮很快会滋生这样的小飞虫，应称"果蝇"吧。古语曰"蜉蝣不知朝夕"，它们可能就是这样，今天飞舞不知明天还在不在，但是即使今天全部死光，明天也还会涌现出同样多的数量，仿佛只要有腐土就会有它们。常在小路前方聚集成一团，雾一样飘来飘去。好奇地冲进这团雾，挥手搂死几个，鼻孔、眉毛沾上几个，甚至有的呛到嗓子眼儿里，待冲过去之后回头看，失散的个体又重新聚拢，仍是原来的一团雾，一点儿也不见少。

105

蚂蚁俯首皆是，只是不知它们在地下如何生活，现在小黑蚂蚁们忙碌起来，纷纷扩建它们的窝。

每个蚂蚁都叼着一个土粒往出走。土粒儿很小，但与蚂蚁比并不小，可以让我们想象一辆铲车正高擎着一铲土开足马力前行，每辆铲车都要爬一段高坡，把土送到环形土堆的外缘。

卸完了土马上回走，中途一刻也不停留。

也不打援手。打援手应该说很好，但也是一件说不清的事，放着自己该干的事儿不干，一会儿帮这个一把，一会儿帮那个一把，最气人了。蚂蚁没有这种情况，它们好像知道这样做不但不必要，反而会耽误事，洞口是那样窄，道路又是那样不好走，玩客气会造成拥挤和堵塞。每个蚂蚁都以最不影响别人干活的姿势走路。进去的给出来的让开一些。

不知是谁，用什么机制指挥这场施工。

106

　　一对儿常来晨练的年轻夫妇，女的常打网球，男的既打网球，也在林间路上跑跳，身手不同寻常。这次又把十岁左右的女儿带来，让她跟着练。女儿在前面跑，父亲在后面大声催促："快！"，或者喊，"高抬腿！"，女儿累了想歇一歇也不让，看情形好像让孩子在这方面有所发展。

　　对于这样热气腾腾的一家人，每在小路上相遇时总是自觉避让，但今天不知是何原因一家三口人蹲在小路上不走，开始以为是小姑娘扭了脚，待一圈走回来看仍在那里蹲着，探头看去，才知他们在看蚂蚁。

　　这是两只红蚂蚁，正抬着一根风干的蠕虫，想把它弄到自己的洞里去。路面坎坎不平，蠕虫又太长太重，搬运起来十分困难。这一次又摔倒了，有点儿泄气，想抛弃，转了几圈之后，又恋恋不舍地返回，准备再来……

　　孩子的父亲一抬头瞧见了我，继而全家人都瞧见了我，相视之下，我们都会意地笑了。

虽然从没与他们打过招呼说过话，但这件事过后，我们都感到已经成了熟人。至少，在我是这样。

107

校园旁侧的旧楼拆迁，工人们一大早就热火朝天地干起来。不久遇到了一个难题：一块水泥檐板，看似被拆断，说不清在哪儿还连着，掉不下来。几个小伙子怀着平素打赌赢雪糕或啤酒那样的心情，你上前试一试，我上前试一试，看谁能把它弄下去。

其中一个小伙儿上前次数最多，在大家都搞不定不得已蹲在一旁抽闲烟的时候仍不罢手，又一次到前檐打量，似乎找到了门道儿，回过头来让大家用绳子把他的腰系住，自己更近地靠向檐板，用撬杠别住一处，让同伴们用锹镐从旁助力，随着一阵呼喊，檐板轰的一声从楼上落下。

此前正在看蚂蚁筑巢，不由把小伙子们的劳动与蚂蚁筑巢联系起来，觉得他们之间有某些相同之处，相同在哪里？仔细想一想，应该是都不惜气力、不计得失。忽然觉得这样联系是不是把人贬低了？又一想不是，如果仅仅用我们通常所讲的，如为了完成任务啦，为了多得工钱啦，或好好表现为了争取当个工长什么的啦，反倒小瞧了他们。他们此时的想法也许极简单，就一句话："我怎么不信弄不下来呢！"然而这又是一句多么了不起的话呀，这是一个健康生命本身的力量，本质上的光辉，是值得大加赞美与弘扬的。

108

园内被剪枝造型的灌木有两种，一种是茶条槭，一种是水蜡，都是齐胸高，又植于路旁，便于细瞧，此时虽然没有开花，却也有不少昆虫活动。

茶条槭小小的掌形叶儿，又薄又嫩，据说是可以拿来当茶叶用。是不是昆虫也喜欢它的味道呢？苍蝇黏在上面，兴冲冲地爬；蚂蚁也忙个不停，沿着它的叶缘走，又沿叶柄到其他叶片上去，又到其他枝条上去，如走迷宫；看不到它们吃什么，但肯定是得到了东西，是叶片散发出的气味，还是叶面的渗出物？

水蜡属木樨科女贞属，是本地普遍拿来做树篱的树种，叶子小而密，同茶树槭比更能招惹蝽象。蝽象是一种叫人看了不太好受的昆虫，因为它有一半翅膀镶嵌在肉里，像被捆住了似的，从不见飞，只是一动不动地叮在叶子上吸汁水。但不可小瞧，当你用手拨弄一下枝叶，随着整体树墙的颤动，所有叮在叶子上的蝽象都会闪电般消失，其刹那间躲避灾难的速度令人吃惊。

水蜡的花很香，待花期到来时会招引成千上万的米黄色小蛾子。是不是小蛾子的卵原本就产在这里，不然看似什么也没有的地方怎么会供小蜘蛛生存？这是一种极小的蜘蛛，身子大不过一个芝麻粒儿，肢爪却很长，一眼看去全是肢爪了；由于终日在不见日光的树篱里生活，身子变得绿中泛白；当我看到它的时候，它是骑在叶缘上的，取一种进可攻退可守的姿势，一遇到危险，马上躲到叶子背面去。

水蜡树篱上也有少量苍蝇前来，随之引来一种稍大的蜘蛛。这种蜘蛛最大的特点是肚子如一个灰白的圆蛋，吊在下面滴里当啷，好像不是自己身上的。它们凭篱面上探出的枝梢结了巴掌大的网，虽形影相吊，居然也有所收获，是苍蝇。一旦粘着，"圆蛋子"迅速赶上去，用一种看似虚拟的动作在苍蝇身上乱忙乎，直到现出白色的亮光来才看清是丝线，把苍蝇牢牢地捆束住。大约是忙累了，也放心了，退回密叶中休息；过一会儿出来，与蝇子亲嘴儿，身子一拱一拱的，很快就吮吸掉苍蝇腹内最鲜嫩多汁的部分，直到剩下一个躯壳儿。后来长时间没有新收获，又出来把躯壳也吃掉。

不管是哪种造型树，都有马蜂在逡巡，像个侦探似的无所不到，碰着苍蝇或蜘蛛，闪电似的一触之后分开，更多的是往犄角旮旯和枝叶的缝隙里钻，似去逮那些幼小的蠕虫。

109

在灌木中穿行已经不便，时不时有蛛丝糊在脸上。对着阳光可以看到它们，往往只是一两条线，还不成形，像是初试织艺，你拉一根，我拉一根。

有些蜘蛛试图把事情做得更大些，从小路一侧甩出丝线，想靠风的吹力搭向另一侧，但风向没法预测，往哪儿吹不一定，即使吹向对面，也不一定恰好碰到树，飘呀飘的，找不到一个止泊处。

还有些蜘蛛不是抛丝，而是自己飞。同我们放风筝相反，它们是把自己当风筝，把线的一端先固定，然后操着"线轮"，扯出腹中蕴藏的丝线不断放飞自己，这时往往见不到丝线，只见它们凭空飞。

另一些丝线并非蜘蛛所为，而是一种将身体一躬一躬走路、浑身青翠的小蠕虫们干的事。它们像蚕一样会吐丝，并不用来捕捉猎物，而是用来辅助走路。清晨，它们把自己吊在阳光能射过来的地方晒阳取暖，之后用一种引体向上的动作收拢丝线再回去；人在树下静立，见它们猝然垂下，几乎碰到鼻尖，只有定睛细看，才见它们凭借一根细丝把自己悬挂在空中。丝线随吐随凝固，很有拉力，足以经得住它的体重。用草枝碰一下，又迅速缘着丝线退回。可以想见，它们想从高处下来时完全不用一步一步爬，只要靠吐出的丝线把自己垂下来就可以了。实际情况也是如此，一只青虫就这样从高高的大树上一坠而下，在离地面一尺多高的地方停下来，借风力打秋千，直到碰上一个高出的草梢儿才搭住，顺着草茎爬进草丛。

110

草地上也有蛛丝的闪光，是一种极细的丝织成的巴掌大的网。织这种网的蜘蛛特别小，粘在网上的猎物是更小的果蝇。

这种网粘不住苍蝇，苍蝇一趵蹶子就会把网登破。但这不等于抓不到苍蝇。运气好的时候可以看到这样一幕：一只苍蝇突然蹦跳起来，像中了魔似的就地打滚儿，这就是被逮着了。待苍蝇不再动，可看到那小蜘蛛就叮在苍蝇头与胸之间最薄弱的地方，像苍蝇脖颈上长了个瘤儿。

小蜘蛛还在云杉树下结了面积较大的网，用以捕捉果蝇。果蝇极喜欢到云杉浓密的树荫下活动，当被粘到的时候，我们看不到那极细的蛛丝，只见果蝇悬浮空中，随气流而动，像仍然在那里飞似的。

111

又一个发现：一种飞虫，有一个叫人不可思议的细腰，如一段草梗儿，一端连着头胸，一头连插着腹尾，让人怀疑能否担当得起连接体内循环和代谢的任务。腹尾也极特殊，上部宽圆，下部尖细，酷似一个炮弹头儿。由于样子特殊，很快在昆虫图谱上找到它的名字——细腰蜂。

诗经曰"蜾蠃有子，螟蛉负之"，螟蛉就是细腰蜂。那时候人们以为蜾蠃逮捉螟蛉的幼虫来充当自己的义子，实际是蜾蠃将自己的卵产在螟蛉子上，作为自己幼子的寄生之地和营养来源。千年之谜被近代科学解开，但历史情怀挥之不去，面对小虫如读一则古老而新鲜的故事。

可惜仅见一次面，待察明身世后再寻找已经无影无踪了。见时正是大热天，它们成群结队地在花期早过的小桃红上飞舞，也不吃什么，像是进入情迷状态，假如仔细观察或许能见到它们交尾。疯癫中有大批蜂子瘫落在地，多为腹尾部橘红色的一种，想必是雄蜂。

接下来的注意力被闻风赶来的各类蚂蚁们吸引过去，它们争抢着将落地的细腰蜂拖走。最能干的是红蚂蚁，能叼着比自己体型大许多的细腰蜂行走，或倒行，或斜行无不自如，常见的姿势是把它们拖在胯下，将裆撑开一点儿，大步地向前迈进。大黑蚂蚁还是原来在芍药花蕾上那副行状，性情狭窄、愚鲁，不靠头脑而靠体内一股蛮劲儿行事，懵懵懂懂地转圈儿，直到一头撞上什么，才来辨别对象，如果是草茎、枝叶或土粒儿，就放弃，是细腰蜂就带走；回洞时不走直线，左拐一下右拐一下，有时甚至绕大圈儿，走回头路，好像是在沿着同伙的足迹或嗅迹走，直到洞口附近，才突然发现自己的家原来在这里。小黑蚂蚁力气较小，拖不走整只细腰蜂，常常是怀着拾之无力放弃可惜的心情徘徊再三，最后切走一段肢爪或一只翅膀……

112

　　蛾子的幼虫出世，想是今春最早出来的蛾子所生，各个寸把长，带黑黄相间的纵向条纹，披浅淡茸毛。一出一堆，少则几十只，多则数百只，热热闹闹地在灌木枝头聚成一团。

　　看样子它们不想分开，怎样蠕动都是抱团儿。活动在外层的成员把半截身子向虚空挺出，摇头晃脑地干什么，只有在恰当的光线下才能看出它们是在吐丝，为集体编造帐篷。有的团伙已经编造得差不多，大团丝棉在太阳下闪光，丝棉中影影绰绰露出它们的身影。

　　不由得想到另一种蛾子的幼虫，随即前去探访。这是我们称"洋辣罐儿"的东西，实际是一种叫"刺蛾"的幼虫做蛹之所——一个独居者的修行小屋。开春以来多次叩开它的门，一直见它酣睡不醒，现在又来看，多少有一点儿活润气儿了，用手按一下，知道动了，但还是不愿醒来。它们是去年入冬就寝的，这一觉睡得多长啊。叫人惊奇的是它们的小屋，即我们所称的"罐儿"，标准的椭圆形，表面涂着美丽的花纹，坚硬无比，用手休想捏碎，只有用石块才能敲开；从树丫上掰下来也是难事，那么牢固地镶嵌在上面，以至掰下时连带着树皮。同样是蛾子的幼虫，这种罐式居室同前者丝棉帐篷相去何远啊！

又想到日前所见另一种大个头儿、浑身茸刺的蛾子幼虫，最初是在杨树下被人掘出的一个浅坑里发现，拳头大的一团，足有数百只。这种蛾子幼虫肯定是以温暖的大地做它的睡床的。

113

麻雀孵卵，窝内与窝外的数量大约各占一半。我想在外面闲逛的应该是雄雀，它们又是争偶，又是占巢，为确立和巩固家庭吃了不少辛苦，消遣一下也是应当的。但事实未见如此，常见一些外面的麻雀往窝里钻，是安慰它的"那口子"还是打替班？看看研究者的说法，是"雌雄亲鸟共同孵卵"，转而愈觉得雄雀体恤多情了。

外面的麻雀毕竟轻松下来，一时不知干什么好，一振翅膀飞出几十米，又一振翅膀飞出几十米，就像在空气中游泳似的，没有一定的事要做，去哪儿都无可无不可，飞着飞着上来一个念头，又倏地一个转弯，奔到别的地方去。

常见它们栖在电线上乘风凉，疏胸理翅，走钢丝绳玩儿。能并拢脚步横着走，前后迈步正着走，如果愿意，还可在上面眯起眼睛一动不动待上小半个钟头，直到有一只麻雀飞来，在它们上方频扑翅膀召唤它们，才跟着飞走。或者聚在某棵树上唠闲嗑儿，遇见孤身游荡者便招呼它下来，游荡者犹豫一下，把尾巴一压落进大帮，大家叽叽嘎嘎地，似在说一些只有爷们儿或娘们儿单独在一起时才说的猥亵话。

114

麻雀孵卵一定是很艰苦的事，窝里又闷又潮，恐怕又生了虱子，两只被替换出来的麻雀在楼檐上搔痒儿：

——掏胳肢窝，勾着脑袋往胳肢窝里钻，几乎把整个脑袋都埋进去；

——刮膀子，从膀根到膀梢一气呵成，像一把扇子打开折起又打开；

——掏屁股，据说这是够取泌出的油脂以涂抹全身，但这个够取是不容易的，将头尽力往身后够，够到头时，身子成了一个毛茸茸的球儿；

——搔下颏儿，翘起脚跟，竖起身子，把脖颈儿抻得老长，然后陡然折下，看上去脑袋没了，只有一根毛茸茸的脖柱子……

还见有麻雀去沙地搓澡儿。先是往沙土里偎，偎成一个窝儿，把身子埋进去；哪怕露一点儿脊背也要埋，用后肢往上撩土，撩的多，落到位的少，十之八九都甩到身外。

搓完沙，炸撒膀子抖掉，又去剪草后留下的根茬儿上戳肚皮，戳膀根儿，向前一扑一跌，像个瘫子。不明真相的人会以为它们吃了谁下的毒饵，待人走到跟前，才梦醒似的一骨碌飞走。

115

　　不要以为抱窝的窝口寂嗅无闻，只要站在檐下马上就会被发现。

　　一只麻雀老远地奔来，见我在，紧张得翅膀都僵了，在瓦坡上忽上忽下、忽左忽右丢魂似的乱窜。接着第二只、第三只，乃至这一带所有在外游荡的麻雀都赶回来，都觉得形势严峻，蹦蹿着，叫嚷着，商量怎样对付下面这个人。

　　似乎有了办法，呼的一声钻进旁边的一棵大树。不用说这是在演"空城计"，不屑于捅破，转身离开。

　　一抬头，发现两只麻雀不知何时站在我身后的电线上，一直在用目光死死盯着我。

116

　　早起劳动绿化校园是学院老师们多年来的习惯，每到春天必为此忙一阵子，已经坚持二三十年了。

　　看得出大家都很愿意做这件事，沐浴在晨光里，呼吸着清新的空气，有说有笑地打垄、浇地、植草皮……比单纯来园晨练更有意思。

　　是不是很长时间没与主人们聚首，麻雀们也兴奋起来，前后院奔走相告，人来疯似的在人们身边又喊又闹。几只麻雀大胆地跟在人的后面，把锹镐掘出来夺路而逃的小虫子们纳入口中。掘出的打碗花根，又白净又鲜嫩，扯过来尝鲜。水渗土里会逼出一些小虫子，它们便在水流旁长时间等待。这种不劳而获所得到的虫子吃在嘴里似更有滋味。浇地水龙头漏出一汪水，更觉喜欢，争抢来喝，各个探出身子，衔一口水，一扬脖儿咽下，再衔一口一扬脖儿咽下。想喝水，又怕被挤进水里濡湿身子，不断地扇动翅膀以求平衡，一副又惊又喜的样子……

　　忽然想到麻雀在依人而居的同时是不是也产生了对人的感

情。它们固然怕人搅扰，但也不愿离人太远，"人影幢幢"对它们来说或许是一种安慰。日前见一片拆迁后的撂荒地，残墙断瓦间也不乏麻雀营巢之所，遍地蒿藜草籽也不乏可采之食，就是没有麻雀光顾，是不是就因为没有人活动呢。

117

　　许多天过去，喜鹊筑巢的事情仍不见一点儿眉目，时不我待，急得它们索性放弃远行，直接到大桑树上折取干枝，干枝连着柔润部分，折不断，后坐身子使劲儿拽，也无济于事，气得哇哇乱叫。

　　干枝无一在塔上存留，全都掉落在地。由于风的影响，一部分落入水蜡树篱内，一小部落到路面。

　　"过一会儿掉一个，过一会儿掉一个，领导又让我时刻保持路面干净，这两个家伙可把我逗苦了！"校工师傅一边打扫一边向我报怨，又发狠说哪天弄个二踢脚炮杖来把它们崩跑。

　　按正常情况计算，喜鹊此时应该产卵抱窝了吧，为了心目中的一个理想，它们做了多大牺牲啊！

　　暗求师傅再给它们一点儿时间。

118

芍药花蕾早已咧了嘴儿，因一场低温天气影响了进度，现在气温回升，太阳暴晒，一下子全开，四五十米狭长花畦成为一条耀眼的花河。家蜂继刺玖、锦鸡儿之后又一次倾箱倒巢而来，同苍蝇、野蜂、蠓虫和各类不知名的飞虫一起采粉，缭乱的飞影在太阳下给花河罩上一层光晕。

花真诱人，洁白，飘逸，香气袭人；花瓣开张后微微内拢，大到人的双手一捧，中间百十根黄色花蕊簇拥着一个鲜红的指头粗细的柱头。这样一朵花，看上去不啻是一只盛满了玉液琼浆的金碗。

最兴奋的是家蜂，嗡嗡地叫着，忙得叽里咕噜，有时一阵风吹来，不得不从花蕊中升起，但紧叼花头，穷追不舍，花进则进，花退则退，像浪花之于海潮。

不少人来看家蜂采粉，赞叹它们的工作。一位老兄不知从哪儿听来的话，说蜂子这么忙碌是因为家中有纪律，谁采不回粉不让谁进窝。真有偷懒耍滑的蜂子需要这种监督和惩罚吗，眼前情景已做了最好的回答。原先它们采粉多用一个粉篮，现在是两个，左肢上的盛满了又盛右肢上的。以至行动起来像醉汉似的，飞走时淋淋漓漓往下掉……

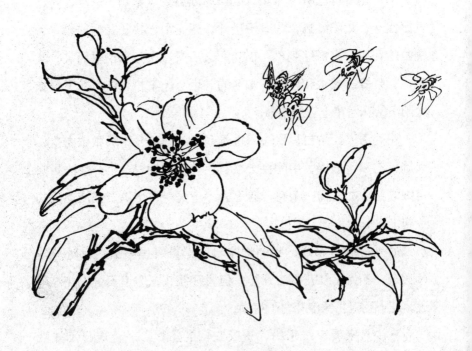

119

　　家蜂一大早就来到芍药花畦，这时气温还没上来，身体僵僵的，全凭肚子的支撑才不至倾倒，眼光死死盯着花蕊，像贪财的瘫子面对金窖。

　　一会儿阳光上来，它们的本事就显出来了。芍药的花蕊本是密密扎扎挤在一起的，一点儿缝隙都没有，踩在上面很难把脚落实，只能半浮在花蕊中行进。它们的办法是先用触觉探寻方向，继而用头拱出路径，接着六个肢爪各自动作，随高就低地安排自己的立足地。行进不是目的，它们的肢爪主要是用来采粉的，既行进又采粉，这是它们肢爪的独门技法，我们看得眼花缭乱，却无法用语言说清。它们对自己的要求很高，每一根花蕊都不能遗漏，必须从梢儿撸到根，怎么撸的我们见不到，只能看到它们时不时把头甚至半截身子都钻进去，外面只露出一个屁股。

　　肢爪的作用不仅是行进和采粉，还有攒积，把各肢爪采到的粉从前往后传递，最后归入后肢的粉篮里。这些动作稍能看出一点儿影子，同样无法用语言说清。

实际上，更主要的攒积不在采粉中，而是在采过一阵之后飞起，一边扑动翅膀把自己悬浮在空中一边干这些事情，攒聚的不仅是肢爪上的粉，还有头上的，胸上的，腹上的。刚飞起时像在面粉堆里打了滚儿，由此也知道它们全身所有部位都有意识地参与了采粉。

　　悬浮并不是歇气儿，而是一种更科学的攒积方式，同时用眼逡巡，选择下一个采粉的目标。

120

    另有一种苍蝇大小的野蜂，长得敦敦实实，喜欢在草地上活动。芍药畦里那么热闹它们不去，不是不敢去，而是不屑去。也许是口味不同，它们喜欢一些杂草上的花，辣根儿啦，车前子啦，说不出名目的针叶草穗啦等等，这些草花小到辨不清面目，又看不出颜色，依个人观念看很难说是花，但它们就是喜欢。

    可能还有另外一个原因，这些杂草花分布稀疏，从这朵到另一朵需要费力寻找，多跑一段路，这对它们来说不仅不是麻烦，而且是一种乐趣，那么兴致勃勃的，一会儿这一会儿那，游游荡荡，逍遥自在。它们是天生的野逸派。

    花粉虽然难得，居然在后肢上也聚了一个小小的粉疙瘩。花粉微微泛红，是享用了它们的关系吧，小蜂子的身体也微微泛红。

121

　　杨柳的种子撒落下来。最初是成熟较早的银白杨和柳树，继而是本地的青杨，一天比一天多，每个路上行人都感觉到了它们的存在。

　　园中两排柳树更明显，每棵树上都绽出白花花的籽絮，一阵风吹来，像雪一样往下倾泻。待风转变，又从对面呼呼地飘回来，往复无穷。

　　没风也飘，清早进园它们在晨光中浮动，让人感到一种神圣与庄严。这是生命的种子，它们将要被气流运送到不可知的地方去，但它们并不为此担心什么，反而想抓住时机尽情游荡一番。轻轻地上升、下落，忽而在阳光下闪亮，忽而又钻进树的阴影；有两个飞到你眼前，想捉住，不成，只有在它们愿意的情况下才落入你的掌心，待凑到眼前看时又飞走了。

　　被草地挽留一些，仍是未知数，一阵风吹也许又要飞起。窝风的地方聚了厚厚一层，让人为它们的数量和来势感到吃惊。

122

　　始终不敢看电信塔，今晨无意间瞥了一眼，意外发现有一团灰蒙蒙的东西，赶忙从前院跑到后院，又从塔旁钻入塔底，左看右看，确认这是一团干枝！禁不住把这一消息告诉给曾关心过它们的人，很多人都聚过来看。

　　惊喜之余，大家议论起这窝是怎么建成的。有的说可能是最初无意之中将一枚干枝别在角钢上，接着就一枝接一只地粘连起来了。有的说可能是赶上两个无风天，干枝的堆积越来越多，最后与角钢搭连，再也吹不掉了。说法都有道理，我心里浮现的却是它们日复一日往塔上叼干枝的情景，认为正是这股傻劲儿才让它们取得了成功。

　　一旦站住脚，往下就好办了，以它们的工作速度，用不了几天就会大功告成。况且它们已经敢落到地面取干枝，水蜡树篱内积聚了不少，都是往日从塔上被风斜吹下来的，现在重新往上叼。塔很高，垂直上拔需在中途歇两次。更多的时候是围着塔身螺旋上升，就像我们骑自行车上坡要打斜行走一样，是一种较省力的做法。

123

街头大杨树如一道屏障挡住远方的视线，只能透过叶隙中的光看到鸟的影子。有时收束着膀子上蹿的姿势让人想到鱼，鱼上蹿之后复又落下，它们却以不欠也不过的"寸劲儿"搭落到上层枝头。

园内树木浓密，只能凭声音判定鸟儿的到来：一种声音低而脆，如两个石子相碰；一种声音清亮成串儿，"叽溜叽溜"的，像昔日小孩吹玩的腹中充水的陶瓷质鸟形哨子；一种声音"嘎吱嘎吱"的，如恨得咬牙切齿；诸多声响把园子弄得十分热闹。

有时出其不意与某只鸟相撞，一只"麻料鸟"就这样从脚尖前飞起，像鲤鱼打挺儿跃出水面，之后一斜身子飞走。过后，又在后院见到了它，从水蜡树篱中钻出，没注意到我，挺着红胸脯走到小园中间，然后一扭身又走回去，如一个模特儿，为我一个人单独做了一次表演。

124

　　水蜡的叶子完全封住了树篱，伏身向内窥视，蓦然发现一只猫，龇着牙，瞪大了眼睛看人，吓我一跳。

　　原先见过它，一直在园子里逡巡，开春时常躺在下面有暖气沟的草地上，又常常贴着墙根儿蹑手蹑脚地走路，翻弄积在地上的枯叶，似乎是寻找老鼠。

　　这时节伏在树篱里是有道理的，树叶是那么密，哪怕近在咫尺也互不知晓，完全可以一蹴而就地捕到一只鸟。门卫师傅说过，曾看到这只猫去年叼着一只鸟儿，想来是真的。

　　一位小伙儿在花卉灌木中捉到一只鸟儿。赶到跟前时已经放飞。不用说是因为树木太茂密，鸟儿钻到里面不及逃躲才被捉到的。也是小伙子身手不凡，太极拳打得好，还会一套拂尘功，手腕一抖快如闪电。

125

园内开春栽下一批树，一直没有动静，以为不能成活，不想现在放叶。叶子呈桃形，成簇披在枝端，看上去很有风致。

问学院老师什么树，说是"梧桐"，名字挺吓人，但恐怕不正确。上网查一下，只有在中药里称它为"臭梧桐"，实际名字应该为"梓"，将这一发现告诉乔师傅时，特意强调"是一个木旁加一个辛苦的辛"，我读作"辛"，乔师傅微笑着纠正说"梓（zǐ）"霎时反应过来，对呀，"桑梓"的"梓"！

这回可真的吓着了。原来大名鼎鼎的树就在眼前。

实际上这两年以"梧桐"名誉见这种树的次数不少，成龄树高大，枝疏，七八月份最漂亮，叶子长到盆口大，焦绿，密扎扎的；结大花穗儿，朵儿嫩白，芳香；花后的果荚窄长如豇豆角，一嘟噜一嘟噜的。所有这些都使它显得与众不同，颇具南国风韵。

从已栽的情况看，此树入土即活，根本不需要像其他树那样还有一个适应过程。乔师傅说这树在他家原籍黑龙江还有野生，原来这树压根就是我们北方的树！这么大的事情原来怎么不知道？既然栽植如此容易，原先怎么没人栽？还有多少能办到的事我们没去办？

终于我们也有梓树了，说不定以后远方游子谈到家乡时，也会提到这美丽的树。

126

又去看后院的大桑树。前些日子见它结了满树的菜荑花穗儿，心想过不久就会看到著名的桑葚了。现在一看，所有的花穗儿都干枯掉落，桑葚还没见出。忍不住问后院校工师傅，他说这是一棵公树，原先在它周围曾有过一些矮小的树，是母树，母树结果，桑葚成熟的时候老师们还揪下来吃过，自从砍掉那些母树换栽垂榆之后，就再也见不到桑葚了。

回来上网查询，见桑树果然有雌雄异株之说，不禁叹息，是谁不问青红皂白把那些小母树砍了呢？这样想着，觉得大桑树站在那里怪孤单的。

地锦的叶子也出落得正好，密密麻麻铺满了楼前脸儿，使红墙变成绿墙。叶子掌形，从黏附在墙面的藤蔓上直接长出，是怕墙面反射的热量烘烤呢还是想努力争取阳光，把叶柄抻得长长的；都长等于都不长，挤挤挨挨地各压邻叶一半。这时又看出长叶柄的作用，通风，风一来，半面被压的叶子又翻晒过来；叶面和叶背的颜色不一，泛着不同的光。叶子镶嵌了窗口，使窗口变成一个黑洞，想象老师们从这样的窗口外望一定很自得，外面的人看他们也如在画中。

128

要知此时草的生长速度，看看草芽儿就明白了。若在刚开春，草芽儿从萌发到出土，恐怕需要半月二十天，现在一片花畦翻土整地之后，新草不过一周就出来，而且那么多，糊地一层。

想不到的是，一块花地整理前各种野草都有，现在却独被一种草垄断，齐刷刷长出一茬儿苋菜。此前这里并没有苋菜，它们仿佛被排挤在土壤的什么地方，现在得势钻出，大喊："该看我们的啦！"

同样想不到的是，与这块地紧邻的另一块地长出的却是齐刷刷一茬儿马蛇菜。是整地播种的时间不同还多浇或少浇了一遍水？总之只差那么一点点，马蛇菜就得机会钻出来了。

抓一把土看，里面各种伺机待出的种子该有多少啊！

129

　　有一块花畦栽了五叶锦，为了养苗没有除掉杂草，让我们得机会看到了开春以来杂草生长的自然状态。

　　最先长出的"老鸹筋"、辣根等已经被欺在别草脚下；碱草、蒿等得力于它们发达的根系和惯于向四外扩张的叶子还保留数丛，如海中孤岛；晚出的灰菜仍盘踞在原先领地，但数量不及原来百分之一，它们似乎有一种策略，当初那些密匝匝的幼苗大多是作为后备队而存在，它们的任务是把其中最优秀者推举和补充上来，到了无事可做的时候，便心甘情愿地枯死在优秀者的身躯之下；婆婆丁、苦荬菜完全被吞没，取代他们地位的是一种叫作"刺菜"的草，这是一种出土最晚而长势最快的草，差不多已高到人的膝盖，密密麻麻的，不仅侵吞了婆婆丁和苦荬菜，而且有霸占全天下之势。只有一种草不受刺菜限制，即打碗花儿，不知什么时候长出来的，专门在空间伸展攀爬，一些粗壮的草茎也被它们拽弯了腰……

130

外来两只喜鹊，不知是因窥探还是因抢占鹊巢而爆发了一场战争。听到它们异样的嘶叫声才发现，已经打到空中，前面两只一逃一追，想是两只交手格斗过的雄鹊；后面的两只是它们的配偶，用大声呼叫给自己的丈夫鼓气助威。它们且叫且搏，在园子上空划了好一阵圈子才作罢。

最终留下两只喜鹊。识别不出它们是原主还是外来，也不好拿我们的标准判断它们谁是谁非，但我希望胜利者属于原主。如果喜鹊的头脑稍有意识，原主胜算的可能性也最大，它们花那么大的气力建立起来的家，能轻易被窃取而不奋力争夺吗？

实际结果也如此，留下来的两只喜鹊很快恢复平静，又到水蜡树篱小园中捡拾干枝了，这是它们前期辛辛苦苦从郊外叼来、因钢架不容从塔上掉下来的，前两天才大胆落下来捡拾，初来乍到的喜鹊是不知道这里有干枝，也绝不敢这么快就下落到地面的。

能到下面拾取干枝是一个重大突破，以这样的速度，鹊巢很快就会竣工的。

131

来了一位遛"画眉"的老师傅，同他唠起园中新来的鸟。

他也注意到了那种"叽溜叽溜"像冒水泡似的鸟叫，说它们并不在大树上，而是在灌木下部和树篱里。过后寻找，果然在水蜡树篱里发现一只，人走到了跟前也不飞，仗着树篱枝叶的遮挡与我周旋，并且继续不停地叫。样子冷丁一看像小柳莺，细看比小柳莺身子胖些，也是橄榄绿色和标准的纺锤体。叫声除"叽溜叽溜"之外还有小柳莺那样的"呱唧呱唧"在我的跟踪下且走且叫，一直在树篱中穿行二十多米。

、后来飞向大树，继续叫，不知从哪儿又来了一只，两只鸟缠绕追逐飞出院外。

回来上网查一下，此鸟应与小柳莺同科异属，名字叫"蝗莺"。

132

如石子儿相碰的叫声也有了着落，这鸟"嘎——嘎"一阵后，突然改变口吻，拉起长篇，声音极尽变化，有蝗莺清亮的如注水陶瓷哨子那样"叽溜叽溜"，有小柳莺急切如车老板赶车过返浆地的"驾哦驾哦"，还有比两者更复杂的句子，一时如奔马，一时如流弹，叫到恣意时还出现假声和泛音……给人总的感觉，像一个身穿水衩的人急匆匆涉水过滩，声音里充斥着浓重的水气。

忽然想起来昔日在嫩江边芦苇荡曾听到过类似的声音，那时见到的是在苇梢上飞来蹿去的几只鸟儿，个头儿挺大，声音也是这样急切，这样响，叫起来没完没了。人们说是"苇扎"。

赶过去看院内这只，个头儿不如昔日所见那样大，再想细看躲起来不知去向。

门卫师傅也听到了，说这是"黄狗"，名字怪异，问"黄狗"是什么鸟，他说就叫"黄狗"，他农村老家旁边有一片芦苇荡，常有这种鸟叫，大家都叫它"黄狗"。

上网看有没有知道的朋友，还真有人提到"黄狗"，说它是喜欢活动在芦苇中的莺，有"大黄狗"和"小黄狗"之分，也称"大苇扎"、"小苇扎"；生活习性上"大苇扎"一般不离水边，"小苇扎"可以活动到距水较远的地方。根据视频和录音资料，我见到的应该是"小黄狗""小苇扎"，通用名为"芦莺"。

　　为什么起"黄狗"这样的怪名，回味一下它的叫声，还真有点儿狗叫的余音。

133

以为"黄狗"只是偶然进园，不想连日不绝，有时竟来两三只，把园子弄得十分热闹。

想接近"黄狗"很难，它总是在你离它十多米的时候避开，无法想象它的眼力，是怎么透过浓密的枝叶发现人的。

也不躲远，随着你的跟踪一步一步向前蹿，同时鸣叫如初；如果你不跟踪，它就在那儿叫个不停。人们都说鸟的歌唱是为爱情，这个说法恐怕不正确，就像它现在这样，被跟踪时还唱，唱给谁听呢？我倒以为它对树木浓密的枝叶有天生的爱好，一旦身临其境便乐不可支地唱起来。或者还有另外一层意思，就像蝗莺仗着树篱的护挡不怕人一样，它仗着有浓密枝叶的护挡与人捉迷藏。这是天气热上来、树木茂盛时才有的游戏，也似以歌声赞美这样的天气。

根据以往的经验，在有树木郁闭、它们经常鸣叫的地方提前预等或可一见，也不行，它们从此就不到这儿来了。

以为反复跟踪会搅扰它们离开园子，也不是，在你想不到的时候，它们又远远地唱起来。

134

端午节到来，一位年轻人问我园内有没有艾蒿，我说没有，不由注意起杂草中的蒿来。

蒿可能是园中同种植物中类型最多的一族，很多植株小的蒿不知其名，它们是饲草的重要成分。针叶饲草割下后会从断茬儿处泌出汁液，经太阳暴晒发酵，有酸甜气味，如里面掺了蒿就不一样了，气味会更醇厚，更绵长，如葡萄酒一样醉人。

较大植株的蒿有三种。一种俗称"水蒿"，常长在河边，可能园中浇水勤就长出来了，单细狭长的羽状叶，翠嫩，水灵；一种俗称"旱蒿"，即大籽蒿，羽状叶宽展繁复，泛一点儿灰色，秋天结籽如花椒粒儿，一嘟噜一嘟噜的，常长在田间地头，高密者如小树林；一种俗称"香蒿"，叶子细密，籽粒繁多，成熟时一眼看去整棵蒿全是籽粒，且有甜腻腻的香气。香瓜车进早市，瓜上往往就覆盖着它们，用以保持香味儿。

另有一种称为"黄蒿"的，叶子披针形，颜色新鲜，过些日子会出现枝杈，有伞状花序，开小白花，其实这不能算蒿，查阅野菜图谱，应称"野园荽"。

135

同规整的人工草相比，树下空地和散见各处的杂草更耐看些。杂草中绝大多数是针叶草，现在正处于伸腰拔节时，还看不出它们属于哪一种。

有两种纤细的小草结出了花穗儿，一种如层层细丝各顶着芝麻大的小花抛出，散散落落如一天星斗；一种是细茎儿挑着一个十字花形的花穗，如昔日战士背负的步话机天线。碱草已能认得出，因为它们的叶子微微发蓝。糜子也能看出，叶子上披了一层薄薄的茸毛。有朋友说前两年早春大雪覆地时有人曾为迁来的鸟儿撒糜子充饥，这种作物差不多半野生，适宜种于生荒地，这里应该是它们的衍生。

数量最多的是水嫩的"小笤帚"，这种草太熟悉了，草不高，呈盘状生长，成熟时花穗像小笤帚，从小见过，将它笤帚状的花穗劈下一匹儿来，用唾沫粘在小臂上，旁边用手指划动，它会在芒刺的作用下向相反的方向游移。在本地，此草无处不有，有些盐碱地不长草，但挡不住它；村头空地被人畜踏得溜光，唯有它一茬儿又一茬儿长出，滋养起苍蝇蚊子蛾子蚂蚱等昆虫，于是也就有了鸡在上面啄食，鸭子、鹅掠食它的嫩叶儿。上网查一下，通用名竟叫"虎尾草"，未免夸张，细想有道理，起这个名字的人一定感受到了它强大的生命力。

136

同针叶草相比，圆叶草显得更加有趣，它们之中有很多开了花儿。

一类花是伞形花，从高出的茎顶和枝端挑出，小花如谷粒一样攒聚在一起；随着一层一层往上开，下面留出匙形的果实。实际这样开着花有三种草，植株形状也差不多，只有从它们的叶子上才能区分出，其中一种是辣根儿，叶子线形；一种是猫耳菜，基叶莲座形；一种是荠菜，叶子同婆婆丁差不多，只是比婆婆丁的叶齿更圆润整齐。荠菜是一种很著名的野菜，大江南北无人不知，且有一些食用上的讲究，不知我们这里为什么很少有人提及和采摘，可能是数量少的关系。

一类花是五瓣儿黄花，都是"按扣儿"那么大。单看花分不出它们是哪种草，粗略地看叶儿也不行，因为都那么密而娇绿，只有细察才能辨出：叶子如鸟儿翅膀的是"老鸹膀子"羽状叶并贴地爬茎的是"老鸹筋"，"蒺藜"也贴地爬茎，但叶子是小而密的长卵形，且对生。

还有一种同辣根儿挤在一起的草，独茎长出，到一定高度分杈，长卵形的小叶直接贴着茎与枝生长，枝端开火柴头大小蓝莹莹的花。这种草在秋天给人的印象最深，花开处会结出一小堆儿虮子样的瘦果，身上满是毛刺儿，粘在裤子上休想抖掉，若摘非带下几根布丝儿不可，不知这种草叫什么名字。百年前喜欢谈草木鱼虫的周作人先生提到一种草似乎指它，他援引古人对它的描述："其子细，其气臭，善惹人衣"，说在他们那里俗称"臭婆娘"。

137

　　两种草——杨铁叶子和牛蒡，出来的最晚，长得最快，成为草中之王。

　　杨铁叶子是一种蓼科植物，径直往高蹿，现已达到一米多高，叶子宽而长，叶缘有波褶，比高粱叶子还大；茎粗直立，不分杈，茎端和叶丫长着穗状花序，花苞如米粒般聚合在一起，成为尖塔形；有的苞皮涨大，成为嫩绿的荞麦皮样的东西，吸引无数家蜂来采。家蜂似乎是吸它的汁液，试尝一口也不怎么甜，是不是拿来做酿蜜的增味剂？

　　牛蒡则占领地面，叶子心形，铺展到海碗口那么大。这种草最惹人注意的是它们秋后的果儿，很招人喜欢，小葫芦似的把种子包裹在里面，鳞状果皮上布满了纤刺，顶端带钩儿，一经摘下便粘挂到手上，从左手倒腾到右手，又从右手倒腾到左手，就是摆脱不下来。俄国作家常在文章里常同苦艾草、矢车菊等一起提到它，说小孩子们领着小狗儿到干草堆里玩，回来的时候身上就粘了这种小刺猬似的东西，读来令人亲切。

138

夜里下过一场雨，既然晴天了，也就没有不出来的理由。

阳光灿烂，草坪上的水珠莹晶多芒；树叶闪着光亮，青翠欲滴；蒿草似乎不仅没受雨的影响，反而乘机又长高了一头，水嫩嫩的头颈微微下弯；最热闹的是"打碗花"，一朝开放，把草地打扮得十分眼亮；

昆虫仍躲在不为人知的地方，但蜜蜂出来了，是那种极小的蜂子，摇动翅膀把自己停驻在有光柱射进的树隙，抖落身上的湿气；场子地面湿乎乎的，乱七八糟刻画着蚯蚓和蜗牛的足迹，看得出它们在雨夜里开了狂欢会，知道我们此时要来，不情愿地退回草丛，还能看到两只迟退者的身影。

几个人各找一块干爽地面站桩晒阳，不想头上树梢有一只鸟儿，飞起的当儿蹭了我一头水。

一群麻雀来到眼前草坪，一点儿不在乎身子被濡湿，好像特意来啄食草梢上的水珠儿，都想抢到最新鲜的，一忽儿你蹿到我前头，一忽儿我蹿到你前头，像翻书页那样往前蹿，蹿到尽头拔空飞起。

　　天空湛蓝，有几缕淡淡的浮云，像世界在雨的滚筒机里洗了又洗，有两方纱巾本来已经干净了，还在一漂再漂。

139

　　趁地面潮湿蚂蚁到处掘洞，是图快活还是要另立门户过日子？有些窝的规模很大，形制也与前期不同，前期窝口是环形土堆，现在是锥形的，只在顶端开一个进出的门，这种结构不知是雨前就有还是雨后新建，不管怎么说，明显看出它们有防雨意识。

　　已产下最初的卵，数量不多，极显眼，米核儿状，白生生的，又鲜又嫩。

　　蚂蚁们已经络绎不绝地向窝里运粮了，是一些难以辨认的微小颗粒，小到能从针眼儿漏下去。能看得出的是杨树的种子，这时正是杨花初落，经雨一淋固着在地面，正可采撷。种子的冠毛都被剔掉，种皮也剥去了，白生生的如芝麻粒儿大小；运回之后并不急于贮进洞里，而是放在洞口外面，似乎是想将它们晒干再运进洞内，以便保管。

　　红蚂蚁似乎比黑蚂蚁繁殖得快，已经有小蚂蚁出世，颜色浅淡而油亮，嫌外面冷，在窝口内晒太阳。有几个大胆地走出，排成一小队，探索着前行。怕走丢似的，一个挨一个跟得很紧。

140

天热上来，与乔师傅换了个有阴凉的场子。

这里原有两位老师傅活动，一位每日利用一棵杨树脱枝后留下的杈口压腿，之后又与旁边一棵小松树较劲，手搂脚抵将身子尽力后坐，舒筋活血增力气。另一位把一个布垫围在树干上，撞胸撞背撞腰撞腿，每项做一定次数，完整有序的一大套。临走时小心地从树上摘下外套，还深情地望树一眼。

这一眼让我对树也感到亲切不少，抬头看树，浓密的枝叶正罩着我们，把烈日挡在外面。一阵风吹来，树叶哗哗响，像与风交谈，又让我感觉这树并不像此前认为的那样寂寞。清晨，它接待过早起的麻雀，或许还有几只远来的飞鸟，继而无数寄居在它枝叶深宫里的昆虫也都陆续活动起来；我们走后它又要接待学员，星期天或许还有更多的人来，休闲的老者，恋爱的情人，看小孩的妇女……不知哪个淘气的孩子把一个空灌头瓶埋设在地下，瓶口与地面平齐，里面灌了些饮料，诱几个黑甲虫落入了陷阱。这一定是夜间发生的事，甲虫贪看罐中那轮皎洁的月亮所至，这棵树也一定瞥见了。

141

　　场子不单独为我们所有，许多昆虫也时来光顾。蝴蝶翩翩过境，甲虫漫步广场，蜻蜓眼大露神，常把它当成一片水洼……最多的是蚂蚁，就在我们的脚下做巢，今天运出的土被人趟平，明天又出现一小堆儿，实在拗不过人就搬到场子边缘去，它们喜欢在硬地上挖洞。也不光是我们人的，还有更多的生物，蝴蝶，甲虫，更多的蚂蚁，在我们的脚下改道，到达边缘挖洞。

　　日前蚂蚁们得到一个大家伙，是一个姆指甲大小的黑盖甲虫，可能被我们无意之间踩残，被它们看中，拖到洞口。发现时是一堆黑乎乎的东西，细看是数百只小黑蚂蚁围裹着这只黑甲虫。不知它们费多大的力把甲虫拖来，到了洞口才知容纳不进，正在那里着急。我想此时最明智的办法是把它丢弃，或肢解，分段入洞，想不到它们竟想完整保存。具体办法有分歧，一伙儿蚂蚁按自己的意见去扩展洞口，另一伙儿蚂蚁则钻到甲虫身下，按甲虫尺寸大小重新造洞。

　　第二天又看，原洞口扩展了一小段儿，新洞也挖了浅浅一层，使甲虫身躯往下沉降了一点儿，两项工程都让人感到遥远无期。仔细打量了一下后项工程，也许不是造洞，而是挖坑，为甲虫造一个临时储藏的仓库。

第三天又看，甲虫入库。如果找个树棍儿扒开，肯定会看到一个坑，只是不忍下手。工程的顺利超乎想象，可能是扩展旧洞的一伙儿蚂蚁改变了主意，加入到就地挖坑的队伍中来。此时，如果不注意不会发现这里有什么，只是封土新鲜些、疏松些，三五只蚂蚁不紧不慢地做着善后工作。

还有一种飞虫与人抢场子，它们是中等个头的蜜蜂，长得敦敦实实的，我怀疑是平素在草地巡行、采集那些不起眼的花粉的游侠，此时不断在人的脚前出现，人向前走，它们随之向后退，也退不多远，好像不甘心情愿似的。经常在场子打转，贴着地皮飞，把影子映在地面，像观照自己的倩影，有时贴得更近，把地面的尘土都扇起来，像在清扫地面。

有一天终于大吃一惊，它竟在我眼睁睁地注视之下钻进一个洞里去了。洞口溜圆，能插得进筷子尖，平素以为是甲虫所为，现在看莫非是它们的家？

打开书本向专家请教，确信这是一种蜂子，称隧蜂。法国昆虫学家法布尔在它的《荒石园》一文中竟一口气说出十几种隧蜂，头一次让我知道原来还有在地下打洞的蜂子，这是继造纸专家胡蜂之后又一次对我原有观念的颠覆。

当又一次得到机会见隧蜂钻进洞时，将它堵住，用一根草茎向里捅，感到一阵过电似的震颤，是小东西在里面咬草茎发怒了，不得不将草茎抽出，之后看它在里面睁着小眼睛向外瞧，说啥也不肯出。

143

隧蜂的巢多现于硬板的地面或畦埂，上面一点儿浮土也没有。也有的隧蜂在构建自己的新巢，贴着地面飞，这里沾一下脚，那里停一下足，打量有什么可以利用的地形地物。注意较多的是蚂蚁洞和甲虫洞，蚂蚁洞太窄，用不上；甲虫窝多是甲虫高兴时偎出的一个简易遮蔽体，虽可接着开发，但也多放弃。他们选定的洞址必须是有较高地势、地面硬板且温暖向阳的地方。往往就着一个土坷或石子儿下面的坑洼处开始动工，用它们采花粉干细活的头部和肢爪挖掘，用后肢把土从身下扒出来，倒退着把土送出，莫名其妙地围土堆转一个圈儿，再继续往下掘。

不固守一处，掘洞中途不时去往别地，仍是这儿瞧瞧，那儿试试，比较一阵子后，觉得不如先前选的窝址好，回来继续它未完的工程。

144

又一只隧蜂在我的目视下钻进洞里。

这是一个刚刚开凿出的洞，搬出的土十分新鲜，呈一塔形，塔尖上有一个洞口，刚好能容下它的进出，我决定研究一下，小心地从外围将土一层层扒除，最后留下一个坚挺的"芯儿"，这是一个上下通直的管状物，管孔为进出通道，管壁似有意挤压而成，或者加了它的分泌物使土凝固硬化也说不定。

除掉管状物就是地下部分了，这才是最能显示它们本领的地方，法布尔细致地描述过，称它们身上的挖掘工具为钩、铲、锯、凿，又详说洞内结构，哪里是卧室，哪里是客厅，哪里是粮囤，哪里是育婴房，总之极有趣。可惜这一切在我面前皆成泡影，因为当我用一段树枝将洞掘开的时候，所有应该看到的东西都面目皆非了。

美与智慧的发现是一定要有探索精神和科学方法的，我们不具备，还是回头看看法布尔怎么说吧。

145

　　当初芍药开花的时候，花畦里是多么热闹，蜜蜂、蝴蝶、蚂蚁和各种不知名的昆虫都来抢食它的花粉，真是门庭若市、车水马龙。现在花谢了，它们都弃它而去，只有苍蝇还没走，在上面飞来绕去，亲吻它的叶子，啃食凝固在上面的残余花粉，看了叫人感动。

　　苍蝇在昆虫中的地位不是很高，蚂蚁欺负它，蜘蛛捕杀它，蜜蜂蔑视它，蝴蝶更对它不屑一顾，但它不在意，它有自己的生活信条。我们不知道这信条是什么，但它繁衍之盛和强大的生命力我们是看到了，试问有哪种生物能像它们这样无所不在、无时不在呢？

　　我想这种强大生命力的获得与它们有一副好胃口有关。它们从不挑食，树汁花粉固然好，枝枝叶叶上的东西也能将就，甚至腐土里也有可吃的东西。不拘在哪里都能混一个饱，不像蚂蚁、蜜蜂那样终日为吃食忙碌。

　　好胃口培养了好脾气，我们什么时候见它们发过火？什么时候见它们与别的昆虫计较过？惹不起则躲，但它们想要的东西你无法阻止。有人形容苍蝇是勇士，那么前仆后继，不折不挠，这个比喻是适当的。

好胃口也给它们带来优裕的生活，常常吃饱了饭没事干在那儿搓手搓脚唠闲嗑儿，或者你撩骚我一下，我撩骚你一下，做男欢女爱的游戏。

146

如果把苍蝇放大，其求偶方式会让我们感到与鸟儿相似。它们也是在空中缠绕，追逐，不过形成这种热闹局面的前期酝酿过程不同，不像麻雀那样一方追求一方拿捏，也不像柳莺那样一方突然袭击一方故意摆脱。苍蝇在求偶中双方似乎都显得主动。

一只苍蝇停在地面，不吃不喝，也不像通常那样搓它的手脚、抹它的嘴巴，一定是陷入爱情的心事里面了。它飞起来，在空中绕一个圈儿，回到原处；隔一会儿又飞起来，绕一个圈儿，又回到原处。这个原处很重要，苍蝇的恋爱似乎不像鸟儿那样用歌喉唱答，也不像有的昆虫用抖翅交心，它们依赖视觉，让对方知道自己始终在哪儿是苍蝇的主要沟通方法。

另一只苍蝇停在离这只苍蝇不远的地方，中间隔一段空地，或者隔着一丛草也不要紧，它知道对方的位置。酝酿一阵情绪之后，它飞起来，顷刻之间掠过目标上空，前者也不示弱，像拦截来袭的敌机一样迎上去，与其缠绕追逐。之后又各回原处，经过无数次这样的碰面，最后成其美事。可惜我们的知识不够，不知谁雄谁雌。

　　一个大泥点子从眼前飞过，落到前方地面。心想没车经过，路面也没泥水，哪来的泥点子呢？走近细看，是两只叠在一起的大黑苍蝇。俯下身来看，也不知躲避；拣个草枝拨弄，也不分开，心想抬起脚来把它们踩死也不会分开的……可是，我都干了些什么呀。

147

居民区的燕子频频光顾园子。是园中的飞虫把它们吸引来的，这时用脚一趟草地，可见苍蝇、蚊蚋和米黄色的小蛾子如糠麸一样乱蹦。

如果燕子不为我们常见，一见之下肯定会觉得它比任何鸟儿都要出色。它们的叫声好听，高亢而婉转，嘀里嘟噜一阵之后是一声快活的长鸣，更接近于人声的表达方式；它们的样子好看，漂亮的下颌，橙黄的胸脯和青紫色的长翅，飞起来如一道紫光；更令人赞叹的是它们的飞行能力，只要见到它们，就在空中飞，从未见落地的时候。这样飞看上去似乎很累，其实不然，它们并不时刻扇动翅膀，翅膀歇息的时间要比扇动的时间长，只需加一次力，就可滑行很长一段路，这期间只要平伸翅膀就可以了。

燕子愿意拔高，这是它们想开阔一下视野、享受居高临下的快乐的时候，它们大叫着，相向穿梭而过；如果有一点儿风更好，它们会顶风飞行，让自己向前的力与风的阻力旗鼓相当，从而使自己骑在风上，然后转身下滑，如离弦之箭笔直地俯冲下来。

它们又能飞得很低，几乎贴到地皮，或者侧着翅膀紧贴墙面飞，哄赶并啄取晒阳儿的苍蝇。草地面积小，它们往往采取巡回往返的形式，像轰炸机一样俯冲下来猎取蚊蝇，然后挑头向上，在空中翻一个大圈，再回来进行下一轮俯冲。有时像箭一样直向你的鼻尖射来，你不用害怕，这是它自信的表示，它会控制，到时候倏地从你脸旁滑过去。

看燕子在一片草里捕虫正欢，麻雀也参与进来，但这里不是麻雀的用武之地，草太密，浅一些的地方没腰，深一些的地方没脖儿，再深一些的地方需跷脚才能望到外面。这么一大片草被风吹得起伏荡漾，麻雀的心也跟着起伏荡漾，收获却很少。

一只麻雀得到了东西，没等调正身子就飞起，急急地奔向自己的窝。跟过去，发现它们已经孵出了自己的雏儿。

148

　　不特别注意听不到雏儿的动静，知道它们存在又能确切地听到。声音似乎从很远的地方传来，发出微弱的"沙沙"声，稚嫩而单纯。

　　小东西们很有灵性，本来在窝里吵吵嚷嚷，老麻雀在外面发出警报后立刻噤声不语，像窝里什么也没有似的。老麻雀进窝后，又会传出一片抢食的叫声，这时即使离远一些也能听得到。

　　不能长久站立檐下，这样做太不道德了，雏儿正嗷嗷待哺，老麻雀焦急万分，我们怎能阻隔其间呢。计算了一下，老麻雀大约两三分钟回窝一次，如果窝内有三只雀雏儿，每只雏儿九分钟才能吃到一口，是不是孩子们的肚量太大，从进园到离园，从未见老麻雀有片刻消闲的时候，这只是早晨，白天会不会也是这样，让人担心，老麻雀这样忘我地忙碌会不会累坏了。

149

　　雀雏儿的食物多来自杨、柳、灌木树和杂草稀疏的地面。树上新滋生一种体小、无毛的青翠小虫，地面多蚂蚁和鞘翅类昆虫，一经锁定便没个跑，都是容易到手的东西。

　　看不清老麻雀到手什么，当它们进窝前站在檐头察看之际，阳光往往映出它们的嘴型和所叼食物：如果逮到一只蚊子，会从嘴丫儿露出肢爪；如果逮到一只甲虫，会把嘴鼓得老粗；如果是一只蠕虫，会从嘴角耷拉下来。急眼时也会逮大蛾子，用嘴猛啄一下，使之落地；再啄，使之瘫痪；由于蛾子扑棱膀子暴跳，自己也紧张得直乄撒膀子，末了还是把蛾子击毙，叼走。蝴蝶也该如此吧，有一只蝴蝶傻乎乎飞到楼前脸儿，一点儿一点儿往上升，眼看到了楼檐，吓得人把心提到嗓子儿，幸好此时没有麻雀回巢，转了一圈儿又飞走了。

150

　　老麻雀最喜欢的食物还是飞虫，尤其是苍蝇，每见到它们飞，总是用目光送出老远。

　　苍蝇很难逮，刚发现时会突然蹿起，速度之快让麻雀的眼光跟不上，一愣神的功夫失去了捕捉的最好时机。苍蝇逃跑时的路线怪异，总是左绕一下，右绕一下，麻雀可没这么灵巧，跟着左拐一下，右拐一下，力不从心，看上去很笨，很可笑。

　　有时也跳起来或在飞行中追撵，依速度而论当然没问题，但此时需要的是慢下来，依目标的逃跑速度和路线行事，必须有频繁扑动翅膀把自己停驻在空中的功夫，这对麻雀来说又是一件难事。

　　可怜天下父母心，为了给雏儿寻食，老麻雀用尽了最大气力。

151

一种最值得本地人骄傲的树，却叫不出大家都能听得懂的名字。很多人叫它刺玫，因为它枝上长刺吧，但与前期开娇艳黄花的刺玫重名。黄花刺玫是细密的卵形叶儿，对生；它是粗粝的叶子，有似榆叶。本市北部山区有这种树，为当地的野生，当地村民叫它野玫瑰。名字未免失之笼统，既然出之当地，也就应该以此定名吧。它们多年前就已扩展到全区，成为本地大量栽植的花卉灌木。这种树极耐寒，只要栽下去就能活。原先自家院子里有一丛，原房主嫌它占地太多铲除过，后来又从根部长出繁密的枝条，很快长到一人多高并开了花。

现在园子里大量开花的就是这种树，它们是园内花卉灌木中数量最多的一种，有的跻身灌木群，有的填补树篱空缺，有的栽植在门旁作为独立的风景。树又培植得好，花朵儿粉红，繁密的复瓣儿，各个拳头般大小，数量之多一丛可达数百朵，且散发着怡人的香气。单看花，秀美馨香有南国风韵；枝干粗粝带刺，又有不惧严寒的北方性格，很能反映出本地的特色。

这是灌木花卉中的"压轴戏"，又赶上麻雀们的喜事，由这样的花来配这样的鸟，真是再适宜不过了。

———

152

一位晨练的朋友说，他们单位新建了一栋办公楼，临街一长条地块要辟绿地，问我种什么草好。此前我曾与他唠过人工草坪的问题，说好固然好，只是造价太高，草籽儿好几百元钱一斤，侍弄起来费工费时，老化后又斑驳得很难看。至于用别的什么代替，倒没有想过。

"你看种马莲好不好？"

先是一惊，接着又一喜，原来这位老兄已经想好了，真是一个不错的创意。

现在我愈觉得此法可行。首先，它耐力强，好侍弄。最先见到马莲时是在菜园，为采叶捆绑蔬菜而植，无论水多大，都不影响它生长，反而更加茂盛；后在野外大片盐碱滩上见到它的野生，那儿土地瘠薄，草不盈寸，它却一簇簇的连绵数里不绝。不知其他地方马莲怎样，我们这个地方可说最适宜它的生长，就像在园中，当初可能仅有几撮儿，后来根串根，再加上移栽，便连成了片。其次，它青翠、整齐，无病害。谁见过马莲生虫子？那些喜欢啃食植物叶子的虫子从不敢在它们翠绿的叶子上下口，只有蜜蜂很尊重地在它的花上采粉，蚂蚁文明地在它叶子分泌出的汁液上舔食，这不但对它无伤，反而有益。

我想这位朋友一定是看到现在马莲开了花才生此念头的，这便是马莲的第三种好处了，即它的花好看，花瓣以一个妩媚的姿势扭着劲儿地开，蓝莹莹、水灵灵的，散发一股淡淡的清香。

153

　　建议想栽植马莲的朋友再栽点儿萱草，这也是看到园中萱草开花想到的。萱草与马莲高矮差不多，也是狭长叶儿，成丛生长，特别是花，形状也近于马莲，黄澄澄的，与蓝莹莹的马莲正好相映成趣。

　　萱草同马莲一样都是我们本地的植物，要说我们本地有什么好看的野生花卉，除了野芍药野玫瑰就数这两种花了。萱草在北郊台地草原有大量的野生，有的地方蔚然成片，一伏身就可搂到一束。当此时节，不少年轻人开车去甸上采摘，看到那一束束娇艳的黄花真让人羡慕。把它们移植到跟前来，可使更多的人欣赏到，还可展示本地风采。

154

　　麻雀又有了新的猎物——蚂蚱。不好逮，它们往往藏在深草中，麻雀怕缠足不愿进。

　　蚂蚱刚出来还很小，土粒儿颜色，也土粒儿模样。另有一种尖头蚂蚱，不如前者那样善蹦，但身子与草同色，如果待在草里不动你发现不了它。两种蚂蚱都刚长出一点儿短翅，像穿个小马夹似的。这个阶段的蚂蚱应称"跳蝻"吧，昔日老人们形容孩子们衣服穿短了为"蚂蚱蝻儿"，听了不懂，后来才知这是一种很雅的叫法。那时衣服穿短了舍不得扔，现在时髦小姑娘专喜欢穿露肚脐眼儿的坎肩，真正的"蚂蚱蝻儿"。

　　看蚂蚱的时候又发现了"豆娘"，这种昆虫可不是给麻雀吃的，而是给我们看的。到目前我们还没发现比它更美丽的昆虫，那么小巧、清俊。有人比较它与蜻蜓的区别，说停歇下来的时候，蜻蜓翅膀平铺，"豆娘"翅膀收拢在背上，但这能说明什么，它带给我们的美感是无法用语言形容的。

　　不知道"豆娘"为什么以豆冠名，不过我最初对它产生深刻印象的是在大豆地里，那正是大豆开花前后，地里有许多，胸部和尾部有一点儿色斑，都是重彩，红的那么红，蓝的那么蓝，飞行的时候经透明翅膀的扇动像燃着的火苗儿。另有一类"豆娘"，像涂了炭一样黑，飞行时是流动的黑火苗儿，这些火苗忽来忽去，忽明忽灭，逗得人搔首踟蹰，不知身在何处。眼前的"豆娘"颜色还很清浅，不知是种类如此还是以后会变色。

155

哺雏中的麻雀比平时多出一种情态：时不时身子骤然一伏，扬脖翘首向天空张望，分明是在看有没有天敌来袭，市区里哪有什么天敌呢，这是一个下意识的动作，夸张的表现中透出古老的遗传。

有的麻雀表现得更甚，站在高高的楼脊上一直不走，身子风车似的转，脑袋拨浪鼓似的扭，一会儿仰望天空，一会儿俯视檐下，分明是自觉地做着打眼放哨的工作。它不只是为自家，而是为这一带的所有人家，大家都忘我地往窝里运食，全不顾自身安全，这怎么能行呢。它像街区里戴安全员袖标的老大妈一样，提醒大家"各户注意，多留点儿神，这可不是闹着玩的，小心，小心啊！"

不停地转，不停地喊，嗓子都喊破了，让人担心这样下去会把身子累坏。这是一只过了生育年龄的老麻雀自愿为公共利益服务吧，或者大家轮流警戒、一会儿有其他麻雀代替下来也说不定，总之极负责任，极卖力气，虽然没有什么实际意义，但看了让人十分感动。

156

一只麻雀像中了子弹一样从眼前直坠而下，即将落地的一刹那又翻身飞走了。

看看四周，也没什么特别的情况，又看头顶，是山墙檐头，正有麻雀哺雏儿，恍然大悟，刚才我干什么来着，不是看它们往回叼食吗！这是麻雀的一计，是想牵引我的注意力，保护它在窝内的幼雏。

俄国作家屠格涅夫写过一篇短文，说有一次作者带着猎狗出行，猎狗发现一只从窝口跌落的麻雀雏儿，便向雏儿逼近，老麻雀不顾一切从树上扑下来，像一颗石子似的落在狗的嘴脸前。作家写那只老麻雀："它全身倒竖着羽毛，惊惶万状，发出绝望、凄惨的叽叽喳喳声，两次向露出牙齿、大张着嘴的狗扑跳过去……由于恐怖，它整个小小的身体都在颤抖，它那小小的叫声变得粗暴嘶哑，它吓呆了，它在牺牲自己……"眼前这只麻雀似比作家看到的那只麻雀表现得更加敏感，如遇到那时的情况，肯定也会这样做的，亲子之爱，无论古今中外众生皆同。

如果说哺雏期的麻雀对人有惧怕，那么对喜鹊则不客气了。两只喜鹊中的一只溜达到檐前樟子松，被哺雏麻雀视为不受欢迎的来者，几乎周围所有做父母的都赶来哄撵。喜鹊不知怎么回事，以为麻雀即使不像先前那样怕它，也不至于敢对它不恭，迟疑着不走，麻雀转而发起猛烈攻击，把自己的身子当炮弹，劈头盖脸地向喜鹊射出，喜鹊吓着了，一棵树接一棵树地往后退，最后悻悻离开。

157

　　接连两个早晨，一只老麻雀蹲在自家窝口不动，口叼食物一换再换，就是不见雏儿出壳。

　　看看左边，又看看右边，差不多家家都有雏儿孵出，邻居夫妇们一边往回叼食，一边互报喜讯，笑声不断，这怎能叫它受得了呢。

　　窝里出现了什么情况，莫不是它们孵抱期间出了什么差错致使雏儿出不了壳，还是多天来辛苦孵抱的根本就是"寡蛋"？

　　今天悬着的一颗心才放下，窝里终于传出小麻雀的叫声。老麻雀一改往日的悲观沮丧，悠儿悠儿地往窝里送食，也像邻居们那样，站在檐头大声呼喊，"我们家宝宝也出生啦！"

158

画眉师傅又来，与他谈起雀雏出壳的事，他说半月孵卵，半月哺雏，现在端午已经过去十多天，雏儿该出飞了。其说法与书中观察者的意见相近。又说近日进园一种叫声似咬牙切齿、发出"咯吱咯吱"声音的鸟儿是"呼不拉"，它们一来，鸟就算来全了。现在已近小满，本地俗谚："惊蛰乌鸦叫，小满鸟来全"，它们是压阵的一种。

"呼不拉"这个名字早就听说过，也没怎么在意，回头一查书，发现它竟是大名鼎鼎的"虎伯劳"！一惊不小，"……西洲在何处，两桨桥头渡，日暮伯劳飞，风吹乌桕树……"与此鸟神交已久，不想今天才对上号，原来它们不但属于江南水乡，也属于我们这里，而且据说要在这里生儿育女。这么重要的鸟儿，我们这里只用一句诮语"呼不拉"打发了，真是不应该。

159

　　伯劳很不好认，当听到它"咯吱咯吱"叫声时，实际上它正在飞，身子一纵一纵的，很快消逝在远处，只给你留下一个影子。

　　有时蓦然发现它就在眼前，身子比麻雀大，脑袋更显大，

宽额头，凹眼窝，贯眼线又黑又宽，如传说中行侠仗义之人秘密出行戴的黑眼罩；站在树冠下部一个斜出的枝上，紧紧地盯着下方。发现一个食物俯冲下来捉取，之后又立即飞回原处。站立的时候多，捕捉的时候少，常常是静候很长时间一动不动。

有时又同时发现两只，应该是一雄一雌，在一起亲热，声音虽粗哑却细致温柔，叽里咕噜地如燕子般呢喃，十分动人。若不是亲眼所见，绝不会相信这些声音出自同一个喉咙，也不会相信狩猎中的孤独者在恋爱中如此缠绵。

160

　　两只伯劳结成对子，把一处枝叶密闭、人脚难以插入的树丛作为热恋之地。每走到这里，都可见到它们。

　　看不出雄鸟怎样呼叫和追逐雌鸟，相反，却总听雌鸟在叫。她既不嬉戏也不采食，站在一条斜出的树枝上，边叫边抖动身子，爹撒翅膀，现出可怜巴巴要人爱怜的样子。雄鸟则在她的周围一声不吭地忙碌，完全失掉了孤身独处时的沉稳劲儿，这里捉一条虫子，那里捉一条虫子，捉着后飞到雌鸟那里，送入她的口中。授受的当儿，双方极度兴奋。看得出这不仅是喂食，也是一种爱恋的方式，食物不仅是讨好雌鸟的礼品，也可趁送食入口的当儿来一次亲吻。在见过的鸟类恋爱中，这是最特别的一种。

161

　　"画眉"师傅对自己的两笼画眉十分满意，常倒背着手，从各个方向倾听、欣赏它们的声音。今天又当着我的面骄傲地夸它是"四大鸣禽"之首。问"四大鸣禽"是什么，说"眉、颏、灵、秀"，眉指画眉，颏指红点颏，灵指百灵，秀指秀眼。听了之后窃喜，"四大鸣禽"中，我们本地就占了三种。

　　红点颏早在野地见过，洁净的暮云般的身子和夕阳红样的下颌至今还留有深刻印象；秀眼在笼子里见过，是有人从本地的林子里捕来当街出售的，嫩绿的身子，焦黄的下颌，溜圆的白眼圈儿，艳丽之极；百灵更不用说，可称得上是我们这里的市鸟。不过这样称它可能与我们白城周边的哲里木、锡林郭勒和兴安地区重复，但另有一种与百灵同科称作"恶勒"的鸟却以我们这里为最多，其实它就是大名鼎鼎的"云雀"。这时候雏儿快破卵而出了吧，如果走进草原深处，一定会看到它们成百上千地聚在空中翻叫……

　　至于画眉，不用说也挺好，声音响亮，千回百转，且能模仿多种鸟叫，但始终让人感动不起来。画眉不是我们这里的鸟，据师傅说生长在南方山林里，从不到我们这里来。我想，人们逮它，囚它，用蒙布捂它，逼它唱歌，这样唱出来的歌是出于真心吗？或者长时间的囚禁生活使它变得麻木了，故意取悦于人也说不定。世界上美丽的东西很多，我们不能一一占有，放它们回归山林，留给我们一份对美的想象不也很好嘛。

162

这几天街里有卖小鸡崽儿的小贩，将鸡崽儿涂上颜色卖给小孩子玩。由于这个印象，便以为在园内听到的是鸡崽儿叫声，是谁家孩子玩过之后把它放养在这里了。后又觉得不对，小鸡崽儿的叫声厚而亮，这里的声音薄而沙哑，又十分急切，一声接一声的，猛然想到是不麻雀崽儿出窝了!

循声找去，发现声音来自一棵云杉树。树不高，但枝叶十分繁密，左转右转，怎么也见不到里面的影子。迟疑间，见两只老麻雀不知何时已站在旁边的一棵树上，冲我不是好声地叫，不错，里面肯定是麻雀崽儿!

两只老麻雀焦急万分，在树上跳来跳去团团转，继而轮番向我发起进攻，身子如子弹般直射过来，如不遮防就要被啄到脸，不得已退到一边。

可能感觉到处境危险，老麻雀要把崽儿转移走，千呼万唤，崽儿就是不出。看得出它还没有从离窝的惊恐中苏缓过来，不知自己怎么一下子就到了这里，也不知下一步该怎么办。

163

　　真切地见到小麻雀，当它在老麻雀的监护下立于树枝，晨光清晰映出它的黄嘴丫儿。

　　看得出在窝中发育得很好，个头差不多与老麻雀一般大，肥嘟嘟的，只是颜色浅淡些，不断抖动身子，是有意舒展筋骨还是让羽翼丰满起来的本能行为？

　　离人很近也不知躲，老麻雀"嗒嗒"向它发出警告，它耷撒膀子换了一个地方。看得出翅膀还很短，尾巴也短。

　　即使被枝叶遮挡也能知道它们的存在，"沙——沙——"地叫着，稚嫩而高亢，是独属于它们的声音。

164

小麻雀一出世即接受训练。

首先学习站立。双腿均衡站立是它们的本能，但在樟子松上行不通，针叶团软塌塌的，抬腿错脚当儿不是左歪就是右斜，总是稳不住身子。老麻雀站在旁边不管，也没法管，这种事情就得靠自己。

柳树上好一些，按小麻雀肢爪的力量，足以抓得住细枝，但柳树上有个问题，一有风就摇晃，有时摆幅很大，小麻雀不断夯撒膀子以求平衡，并像儿童们初荡秋千那样，发出害怕又快活的尖叫。

第二课是学习飞行。虽说小麻雀是从窝里飞出来的，但落到某处后便不想再动，一提到起飞便心有余悸。老麻雀一遍又一遍地催促，甚至从身后拱它一下也无济于事。一对麻雀夫妇心生一计，其中一位站在小麻雀前面突然一声飞起，落到对面一棵树上，回过头来喊，"看，就这样！"另一位则在身后厉声催促，小麻雀这才飞起来。由于翅膀无力，必须频频扑动，否则就要掉下来似的，在空中划出一条笨拙的直线。

165

螺栓孔洞里的小麻雀已经不断地向外探头，每次来都要多看它们几眼，希望能见到它们振羽出飞的那一刻，今晨又来看，它们已经出飞了。

我想它们一定是在晨曦初露时出飞的，那时它们睡足了觉，说不定又从一个美丽的梦境中醒来，身上充满了跃跃欲试的力量，便在老麻雀的催促下纵身而出。

看了一下周围情况，认为小麻雀最有可能落入对面的水蜡树篱小园，因为这里离窝近又寂静，嫩弱的翅膀可以直接落入草地。

实际上，篱内草地已经聚集了至少两家父母和孩子，看情形它们已经活动多时，可能反复地从草地飞向垂榆，又从垂榆飞向大桑树，然后依次下落；如果这些都能做到，那么回窝也不是难事，可以从草地飞向垂榆，从垂榆回窝。

此时正在草地上歇息，五六只小麻雀依偎在父母身旁，远望东方，听父母讲述关于日出日落的故事。

166

气象台预报有雨，蚂蚁也本能地得到信息，忙着往高地迁移。

看到它们迁移的队伍时着实吓了一跳，那么长一溜，如一条黑绳，时隐时现地在草间和小路上游动。

每个迁移者都负载着东西，多是我们看不清的小颗粒儿，想是猎物身上的一块肉，或剥光了外皮的一粒种子，用颚钳着，昂头向前走路；又有三五人合作搬运一个重东西，看上去是一整条虫子，已经腊干，草梗模样；又有更大的又白又嫩的蠕虫，未死，想是被蚂蚁在洞内麻醉着，现在搬出洞口，一见风又活动起来，肥身子扭来扭去的不甘心摆弄。搬运这条肥虫的蚂蚁足足有百十只，拉的，推的，在侧面助力的，都有；地面粗糙不平，运行起来发滞，一些蚂蚁就钻到下面去，甘当滑道；肥虫扭动、暴跳，将一些搬运者甩出或压在身下，它们又很快重整旗鼓再来；辎重所到之处，一些蚂蚁主动为其让路，有的还放下自身的活儿，跑到前面去为它们开道……

去的地方是一棵杨树下，树根处多培了一些土，形成一个土丘。洞穴不像新挖的，从络绎不绝进出的蚂蚁看，里面的容量一定很大。这应该是它们早就建好的家，可以说是它们生活的大本营。回头又看它们所来的地方，地势低洼，处于草地之中，应该是它们的狩猎场，有一些洞，小而浅，应该是它们临时储存猎物的仓库。现在夏雨将至，要把它们搬回到大本营中去。就是说，这是转运物资而不是搬家。

167

到自行车棚避雨，见一只蜘蛛正手忙脚乱地收拢它的网片儿。

本地谚语，"蜘蛛张网天必晴，蜘蛛收网天必雨"，话虽如此说，但收网还是头一回见。

咯噔一下，掐断一根斜向拉抻的幅线，网面立即出现一个豁口；向四面拉伸的幅线本处于力的平衡，由于失去一根使部分网丝收缩，它也随之弹了回来，险些跌落；但没有跌落，稳了稳神，又去掐第二条；这样的幅线有四五条，被它一一掐断。我们收拾晾晒的衣物是站在地面伸手够取，它是站在自己要收拾的东西上面，何其艰难，但它自有自己独特的办法，此时黏稠的丝线不但粘不到它自己，还是通往复杂去处、赖以行走的道路，通过极有次序的安排，既收拾干净，又不使自己难堪和坠落。

幅线条条掐断，所系螺旋形丝线也收缩聚拢，并且被我们难以细察的肢爪动作团弄，成为一个球儿。显然，它是有意要利用它的，不能不让人佩服它是一个有心计的家伙，如果一时半晌雨不停，没办法出猎，它可能会一点点摘取上面蚊虫的残肢断爪来充饥，或许把网丝也一并吃掉，它们也是高蛋白呀。还有一种作用，是利用它再生出新的丝线，就像我们熔铸回收的塑料品一样，它把丝线吞进肚里，作为未来重新织网的材料。

一切收拾停当，抱着球儿，攀缘着最后一条丝线，前攀缘后收拢，钻进檐头钢管孔隙中。

168

天气时阴时雨闹了两天两夜，直到今晨还淋漓不止，无法进园，站在自家窗口卖呆儿。

这样的天气，园中的小生物们不知怎样度过，想它们最初都藏在草树的叶子下吧，现在雨把一切都变成水浸似的，哪里还有藏身之地。最着急的还应该是麻雀，雏儿正需要大量进食的时候却出不来窝。

住宅区同样面临着这个问题，老麻雀不断地探头向外瞧，希望雨停下来，但没有停的意思。实在等不及，它们就在雨意稍歇的时候冲出来，也不进草坪——那里湿淋淋的，无法下脚，即使下去了也找不到什么——都集中在路面上，捡拾人们丢下的食物碎渣儿。路上不时有汽车和行人经过，也不知避让。凡是能拣到的东西都捡起来了，即使是草梗烟头也不放过，叼起来衡量再三，看能不能带回去给孩子充饥……

169

　　眼前这场灾难一定是大雨造成的，左侧草坪积了水，右侧草坪也积了水，水慢慢浸润，从两边合拢，把建在小路下的蚁洞浸了个透，才造成它们的大搬迁。

　　到处是蚂蚁，想不到平时看上去清静的蚁洞竟容纳这么多蚂蚁，成千上万，在一种措手不及的情况下惶惶奔忙。

　　它们干着同一件事——将蚁卵从洞里搬出来。蚁卵白白的，胖胖的，像大米核儿。每个从洞里出来的蚂蚁都举着这样一个卵。凝视之下，白花花的，泉水似的，从狭窄的洞口往出冒。

　　看得出在洞内抱起卵的当儿，无论大小轻重，完全没有选择，也来不及选择。至于放在哪儿，也全凭个人想法，多数出洞口不远就放下，在哪儿形成白花花的一堆。也有一些想得周全些，多走一段路，把卵藏到土坷垃或草根下的凹坑处。实际上，这些搬出的蚁卵多半是无望的，有些由于水浸已经失去光泽，出现了锈蚀的斑点儿。即使搬出来，太阳出来也会把它们烤焦。还有那些在草中觊觎的虫子，正准备把卵当作它们的早餐。

但蚂蚁们全不顾这些，无数身影奔忙着，发出一种无声的又让人惊心动魄的呐喊——

　　"快点儿搬啊！"

170

　　后院芍药畦边的一群红蚂蚁也遭遇同样的灾难，一辆汽车将一处剥蚀的水泥路面压陷，把深藏在下面的蚁洞断成两截，惊恐中蚂蚁往花畦抢运它们的卵。

　　问题出现在抢运现场旁边所设的警戒线上，原意为保护抢运现场的安全，正巧有大黑蚂蚁路过，它们上前阻拦，告诫这里禁行；大黑蚂蚁哪里听这些，非要过去不可，便发生争执，继而争斗、厮杀。

　　大黑蚂蚁个头大，力气足，三五个红蚂蚁也不是它的对手，只需用它的大颚一咬，就将红蚂蚁切成两段儿。红蚂蚁数量多，闻讯赶来的更多，将大黑蚂蚁团团包围、分割，个别的被撂倒。

　　抢运工作十分艰难。出口是被泥水淤堵后重新掘开的，洞的口径似乎因为藏在水泥层下面无所顾虑，开得十分狭窄，卵粒儿又大，大米粒儿似的，一个当道，其他难以通过，

　　囿于条件，它们逐渐形成一套新的抢运程序：一部分蚂蚁专门负责从洞内往出运卵；另一部分从洞口接出，穿越泥泞的车辙

深沟；最后一部分守候在车辙对面，接过卵送入花畦。这样做无疑是合理的，但由于出口受阻，出卵速度慢，还是解决不了根本问题。

抢运的迟缓加大了战场上的牺牲，已经有大批红蚂蚁倒下，残肢断爪染红了地面。大黑蚂蚁的尸体也枕藉其间。

战争到我离开园子时也未结束。

171

雨后晴天，昆虫们很快聚集在野玫瑰上补充食物。

野蜂专门抠取它的花粉。说"抠取"完全贴切，因为它的花瓣挤得那么密，把花蕊都遮住了，要想采粉，必须抠开花瓣钻到里面去，这样采粉的蜜蜂往往是顾头不顾腚甚至完全把身子埋进去，用手碰一下花朵，半天才急匆匆地从花蕊里钻出来。

苍蝇也伸长肢爪刮取花瓣上的香末儿，既然有苍蝇就有蜘蛛，伏在某个角落不动，把自己打扮成干枯的花叶碎屑儿，单待苍蝇撞上门来一举捕获之。

蚂蚁喜欢吃花萼上的零碎儿，忙里抽闲也不忘挑逗一下新滋生出来的青背蠕虫，猝然一叮，虫子暴跳起来，跌落在地，正好为麻雀所捡……

172

大蜘蛛在树间重新结网。不是简单复制，而是建一面更大的网以迎接夏天的到来，那时它们会凭借一根丝线把自己吊在阴凉处乘风凉，像渔人感知钓线颤动那样感知有没有猎物就范。

第一根网纲的搭建也不是放风筝式，而是带着丝从一棵树下来，从从容容往另一棵树走，到了树根儿，又从从容容地往上爬，爬到需要的高度，把身后的线收拢，抻直，一根笔直的网纲就横跨在两棵树之间；这根纲又成为一条道路，借此拉出第二根网纲和诸多幅线。

螺旋细丝的编织从外圈做起，这样做可能是要先确定一个大轮廓、大骨架，免得从内编起会造成拉力不均。它们的编织不是被动地凑数，而是每一根都绷得溜直，这个问题想来很复杂，而解决得又是出乎意外地轻易：它的身子始终是以同样的倾斜度向前走着的，身子就是一把尺子，可使内外相邻两线始终保持等距。至于绷劲儿的问题，则靠的是一只扬起的后肢，腹中吐出的丝必须先经过这里，它像一个滑轮，一路将丝线缕出，靠灵敏的指劲儿把握松紧，把线系到幅线上去。

173

　　雨后空气中有一种花香，是水蜡的小白花散发出来的，是不是它把蝴蝶最先从避雨处引逗出来的呢？

　　蝴蝶的视觉和听觉似乎不怎么发达，从它们停栖的身后悄悄走过去会把它们抓住。但它们的嗅觉一定发达，如果对什么东西

感兴趣，游荡一阵子之后还会再回来。

　　此时就是这样，两只蝴蝶在飞行中邂逅，似乎产生了爱情，缠绕好一阵子之后才分开，一只飞往门前樟子松，一只飞往楼前灌木丛，经过长长的孤身旅行之后，爱的思绪又返心头，便从原路返回聚在一起。这次缠绕的时间更长，双双飞往后院。

174

　　园中蝴蝶多为白底黑花和褐底黄花两种，另有少量黑底镶红边，尽管不够绚丽，给人的遐想是无穷的。我想，我们人类能创造出那么多美丽的图案，如绸面、布面、壁纸、沙发面料的花纹、电脑制作的花纹和园林建筑中的各种图案性装饰物等等，肯定是受了蝴蝶翅膀的启发。

　　现在又出来另一种蝴蝶，翅膀为重彩蓝色，上面稍有一些点缀，绒嘟嘟的，可能是随着松柏类树木的移植而来，它让我想起时下为年轻女子们喜欢的蓝色"蜡染"和"扎染"面料。"蜡染"是用蜡涂出图案，染色后去蜡，本色花纹就凸现出来；"扎染"是用细线绑扎布面，染色后解开绑线，也现出想要的花纹。两种工艺产品都给人以质朴、温润而秀丽的感觉。据说，这是地处西南大山深处的妇女们的创造，她们常年甚至一辈子都不出大山，没有外来借鉴，仍然能凭爱美之心发明出这种工艺。如此一来，这种蝴蝶给我的感觉便与往日不同，往日所见蝴蝶想到的是对人的启发，今日所见蝴蝶想到的是对人的表现，凡是我们人类创造出的美好东西，蝴蝶都毫无遗漏地把它们表现出来了。

175

　　柳树趟一角十分热闹，至少有三四家父母把雏儿领到这里来，不仅因为这里很少被打扰，更可能为了凑大帮。

　　凑大帮很重要，当自己单独练习时总是爱撒娇，针扎火燎地嚷着受不了，在大帮里就不一样了，大家都一样，谁也不用大惊小怪，只管练就是。

　　更重要的一点是有些勇敢的小家伙儿做出了样子，能自由地在树上站立、转身、跃动，甚至带着极大的欢欣从一棵树飞向另一棵树。这一切同伴们都看在眼里，同样是一般大的孩子，人家不害怕、能做到的事我为什么就害怕、做不到呢？这种相互比较、互相激励的训练方法，实在比父母单独训练还有效。

　　这时父母们很休闲，只是一边唠闲嗑儿，一边用爱抚和欣赏的眼光看着自己的雏儿。

176

　　捕食也需要训练，树上和草棵里难度大，杂草稀疏的地面最好。

　　绵丝帐篷里做窝的蛾子幼虫并未在那里久待，现在爬出，紧贴树干乘凉。看情形它们出窝前后脱了一层皮，现在还有枯瘪了的皮壳和丝丝缕缕的皮屑弃在身后。有的完全从树上下来，爬向疏落的草地，正好成为麻雀训练雏儿捕食的好教材。

　　这应该是一种最简简的训练，但也不容易，幼虫的样子吓人，肉乎乎、毛茸茸的，不但雏儿不敢上前，就是老麻雀也面带惧色。捕前往往是先运一会儿劲儿，然后猛地啄上去，毛虫暴跳起来；又啄一下，毛虫又打一个挺儿；如是五六下，毛虫才不动。雏儿在老麻雀的鼓励下凑上前去，仍下不了口，可能是太大、太硬了吧，老麻雀拎过来，用力往地面摔；摔懈松了又用嘴啄，啄了很多窟窿后又摔，制成一个肥美的"牛排"，告诉雏儿说，"喏，就这样！"

　　雏儿们陆续学起来。

177

　　雀雏儿自己吃到了东西，是一种蜜饯，最初的原料来自大籽儿蒿，它们已经长到半人高，拇指粗细，流出一种透明的汁液。汁液的流出可能是黏虫叮咬所至，这些黏虫小到无法辨认，数量极多，糊在汁液上使之成为一种黄乎乎的黏糕状；黏糕可能很甜，招引无数蚂蚁攀缘着蒿茎的纵棱爬上来，凡是有黏虫的地方都有它们存在，等于在黏糕上又撒上一层黑芝麻。

　　老麻雀一蹿高，将水嫩的蒿茎拽弯腰，小麻雀一抻脖或一蹿高就能够得着。

　　一口一口地啄，吃得津津有味。老麻雀忍不住也吃，吃法十分尽情，是张大嘴巴一口一口撸。

178

几只小麻雀结伴出游，见人也不知躲，径直走上小路。

路边堆放着一些杂草，是老师们收拾花畦留下来的，还没运走，它们感到稀奇，叽叽喳喳地议论着，好像说上次来还没有，怎么现在突然多了这些东西？接下来用爪扒刨，左一爪，右一爪，把草屑和腐土从胯下甩出去，姿势与老麻雀一模一样，同时用嘴乱拨，把路面弄得乱七八糟。

有小蚂蚱从草堆迸溅出，一只雏儿发现了，盯上去，没逮着。继而大家都发现了，一齐追，被蚂蚱三蹦两蹦引到草地。草地里蹦出来的东西更多，仍然逮不着，望着飞虫的影子发呆……

此时，老麻雀已不在它们身边。

179

天气热上来，好像一下子转入盛夏，再站在太阳下卖呆儿已经很不适宜。原先贪看小麻雀出飞不得不这样做，现在它们都已经独立活动，我的观察也该结束了。

有一件后来发生的事不能不记在这里，即那两只喜鹊孵出了它们的雏儿。一共三只，杂色斑驳，在人们发现后的惊呼中匆匆钻入篱园中的草丛。此时正随师傅在阴凉处打拳，没过去看，只是微笑着看那些人惊奇的样子，心里想，这是理所当然的事，院子里迟早会有这几只小喜鹊的。

小生物们离开了我的视线，但永远不会离开我的心。